Story Gallery

Story Gallery

Story Gallery

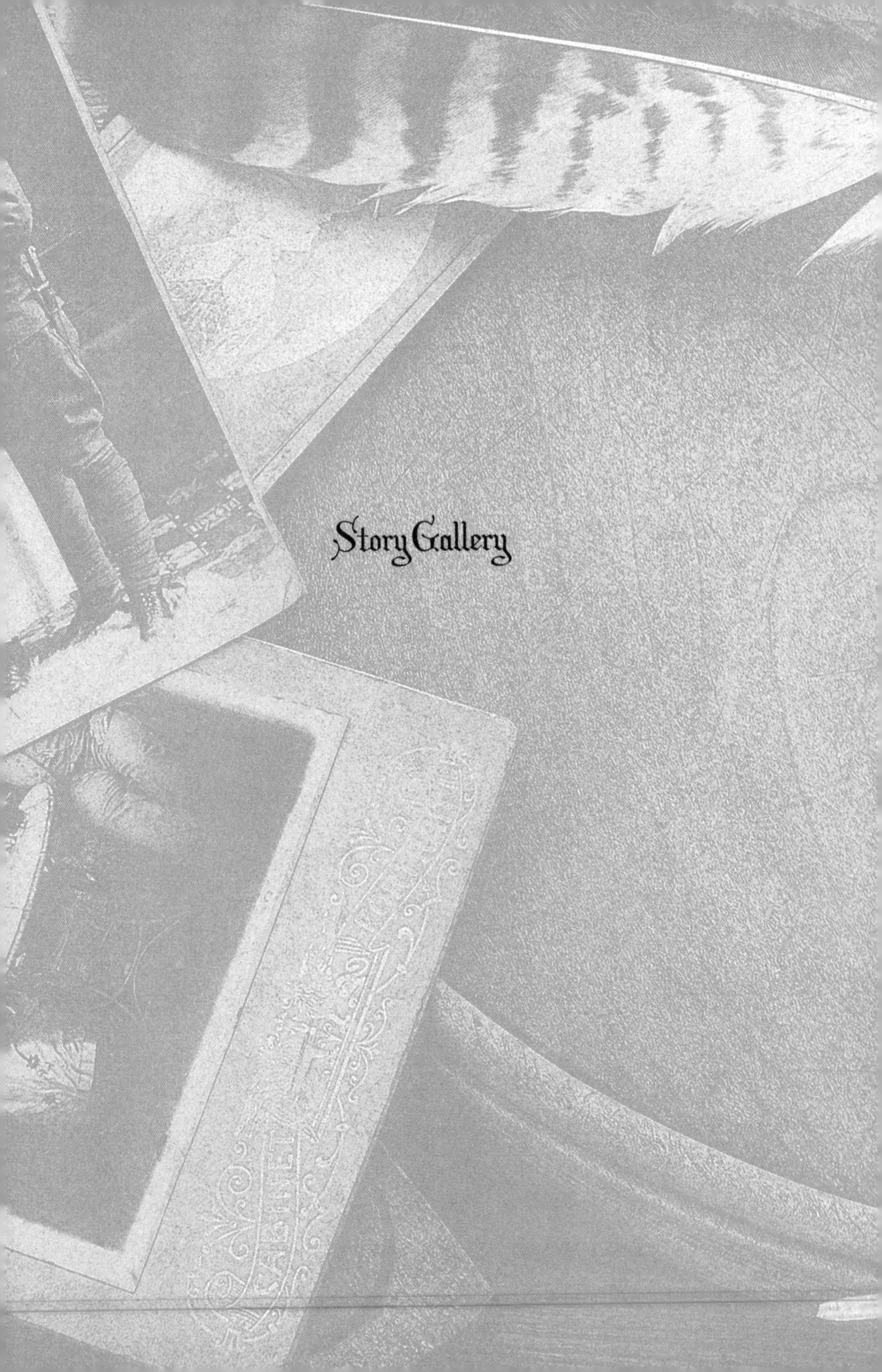

Story Gallery

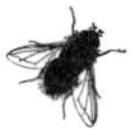

狗郎心

Heart of a dog

米凱·A·布爾加科夫_著

黃銘惇_譯　蘇淑燕_審定

StoryGallery.1

狗郎心

原書書名　Heart of a dog
原書作者　米凱・A・布爾加科夫（Mikhail A. Bulgakov）
翻　　譯　黃銘惇
審　　定　蘇淑燕
美　　編　吳佩真
文　　編　謝孟希
副 主 編　高煜婷
總 編 輯　林許文二

出　　版　柿子文化事業有限公司
地　　址　11677台北市羅斯福路五段158號2樓
服務專線　（02）89314903
傳　　真　（02）29319207
郵撥帳號　19822651柿子文化事業有限公司
E-MAIL　service@persimmonbooks.com.tw

初版一刷　2011年05月
定　　價　新台幣250元
I S B N　978-986-6191-05-3

國家圖書館出版品預行編目資料
狗郎心 / 米凱.A.布爾加科夫(Mikhail A. Bulgakov)作；
黃銘惇譯. -- 初版. -- 臺北市：柿子文化, 2011.05
面；　公分. -- (Story Gallery；1)
譯自：Heart of a dog
ISBN 978-986-6191-05-3(平裝)

880.57　　100001188

Михаил Афанасьевич Булгаков

推薦序

人還是規規矩矩地活著比較好

人與獸的結合，大概可粗分以下兩種：狼人與吸血鬼，總是給人一種浪漫冒險的想像；唐老鴨和米老鼠等迪士尼朋友們，則是好傻好天真。《狗郎心》顯然是把人與獸最噁心的部分結合起來，這讓我想到人面魚或人面豬這種不幸的投胎故事，在那投胎過程裡被刻意地「人獸交」了。這種故事無一例外是悲傷，且具勸世意義的。一邊覺得噁心，一邊就覺得人還是規規矩矩地活著比較好……

——王聰威，小說家——

只有神，才能說要有光就有了光

一顆不合時宜的種子，被埋在共產主義的土壤裡，即便不被灌溉，仍舊開出強韌的花——顏色奇幻炫目，而以人生底蘊與社會現象為蕊。《狗郎心》這個看似荒誕不經的故事，所傳達的卻是最赤裸

——田威寧，北一女國文科教師——

裸的現實，也因此一問世便被視為「對現實的尖銳抨擊」。對共產社會的露骨批判讓此書無法通過審查，六十年後才在祖國浮出歷史地表。

故事敘述一位研究優生學，想要「改善人神關係」的醫學教授進行了一場「異想天開」的手術：將人的腦下垂體與睪丸植入狗體。之後，狗的身體和心理都發生了「變形」——無論體型、動作甚至語言和思考都「人模人樣」。植入了「人腦」，便包藏了「禍心」。流浪狗沙里克本來知恩圖報、富同情心，「挺討人喜歡」；但在被植入人腦成了沙里科夫後，成了「智慧低能的生命」，「表現出來的都是野蠻的動物行為」。野蠻行為可解釋為因腦來自一個流氓及尚存的狗性，但他「在兩個受過大學教育的人之間放肆透頂，愚蠢地大談社會分配問題，提議什麼東西都要平均分配。」這些思想則來自無產階級代表施翁德爾的灌輸。沙里科夫酗酒、欺騙、自私、暴力甚至企圖分化、密告，幾乎是「一級一級，通入沒有光的所在」。把「破壞力」當成「革命力」的他，卻得到公寓管理委員會主席施翁德爾的賞識，並迅速地在公家機關得到一職，諷刺意涵昭然若揭。

在那個「紅色恐怖」的時代，「莫斯科全瘋了」，知識份子、資產階級的待遇與生活受到無產階級的覬覦與打壓。教授知道在當時的政治體質中，人性被逼出最醜陋的一面，「鬥爭」、「洗腦」與「出賣」隨時上演。他表示施翁德爾「利用所有的方法來打擊我，但是他不知道，如果有人煽動沙里科夫開始把矛頭指向他的時候，他就會屍骨無存啦！」革命產生了階級翻轉，但無產階級執政後依舊是心心念念著私慾私利，且許多參與革命者空有盲目的熱血，即便當到了領導階層，對共產主義的本質也沒有深刻真實的理解，即便掌握了國家機器，也像是小孩開大車——當然是危險駕駛。他們可以鬥倒資本家與知識份子，卻不可能帶來承諾的美麗新世界。

在沙里科夫幾乎摧毀教授原有的生活，並傷害到無辜的人時，教授不禁感嘆「在自然界裡，最壞的心就是人心」，承認失敗，結束他耗費多年心血的優生學實驗。結尾如何，這裡先賣個關子；不過教授最後仍不肯放棄，堅持到底，「他不斷往大腦上切切割割」似乎暗示「人總是學不了乖」？

布爾加科夫對共產主義社會大加嘲諷、一吐塊磊，並常藉故事主人公之口或經歷提出思考。出身神學家庭的布爾加科夫拋出問題：科學家是否能成為「造物者」？「窮究神人之際」的他反對用「人為」的方式創造一個「新世界」，「若是一個科學家不遵從自然法則，隨時保持安全距離，相反地，他卻想強行去解決問題，掀開神祕的面紗」後果只是「把一條可愛的狗變成一個無賴」，「讓我們吃不完兜著走」。相似的想法也見於同期作品《不祥的蛋》（敘述一位動物學教授發現一種射線，可加速生物成長。國營農場場長建議蘇聯當局運用此技術發展養雞事業，卻陰錯陽差地繁殖出蟒蛇、鱷魚等怪物，令政府束手無策。最後在寒流來襲下，怪物進入冬眠，才化險為夷。教授被政府宣傳機器指為刻意滋事，成了代罪羔羊）。布爾加科夫不斷疾呼：違背自然的嘗試注定失敗，且咎由自取。

此外，布爾加科夫的諷刺精準到位，且常「借題發揮」，有心人可大享對號入座的樂趣。棄醫從文的布爾加科夫對醫學十分熟稔，小說中教授的原型可能為在法國工作的俄國醫生Serge Voronoff——此人以移植動物的睪丸與甲狀腺於人體而出名；也可能是曾經督導莫斯科神經診所（當時為莫斯科的中心醫院）的Peter Alekseevich Preobrazhensky 教授。同於其他的俄國作家，布爾加科夫也喜歡在人名上作文章，例如教授的姓布列奧普列斯基，在俄文中為「變形」之意，又如被拿下腦下垂體與睪丸的酗酒者名為Chugunkin（「chugun」是「鐵」的意思）可被視為諧擬史達林（Stalin）之名（「stal」意即「鋼」）。

布爾加科夫深受果戈里與歌德影響，又能走出自己的路，並開啟了一個豐富而瑰麗的魔幻寫實王國。看完嗆辣的《狗郎心》，也請別錯過他的長篇代表作《大師與瑪格麗特》——原來他的養分早已滋潤了馬奎斯和奧罕・帕幕克！

註：此推薦序中有關俄國人名的資料，以及一些想法皆得力於我的學生戎奕瑄，在此特別致謝。

——甘耀明，小說家——

小心《狗郎心》的主角就在你身邊

對「狼人」與「科學怪人」有興趣的人應該來看這混合版：改造人從野狗狀態，最後成為政府高官。這本八十幾年前的小說傑作，諷刺蘇聯時局，現在看起來不褪流行，仍然好看呀！沒有老掉牙，台灣報紙經常出現的政壇、演藝圈、民意代表怪咖就符合《狗郎心》的描寫，甚至我們身邊令人恨得牙癢癢的人就屬這類。總歸一句話，小心《狗郎心》的主角就在你身邊。

一本超越時代藩籬的科幻小說

——翁慧蘭，文藻外語學院翻譯系教授&系主任——

這雖是一九二〇年代反諷當時蘇聯時局的小說，透過極盡諷刺、驚悚及不可思議的故事情節，描寫當時社會荒誕不經的現象，但將之適用於現在的社會現象，更不遑多讓，是一本值得令人細細品味及深思的好書。

一本讓你我想像力大放大開的禁書

——Freddy，閃靈主唱——

這本禁書，讓鐵幕蘇聯聞風喪膽，這本奇書，卻讓你我的想像力大放大開！

名列現實主義創新大師之列

繼承過去的現實主義，又容納象徵主義，把現實和幻想結合起來，便是二十世紀八〇年代以後的新現實主義。從這個意義上來說，布爾加科夫的小說稱得上是二十世紀現實主義文學豐富發展的顯例。他的名字可以當之無愧地躋於布寧、羅曼·羅蘭、法朗士、賈西亞·馬奎斯等現實主義創新大師之列。

——薩米爾欽，蘇聯知名小說家，著有《我們》——

諷刺、幻想、現實主義的高峰

布爾加科夫的創作達到了諷刺文學、幻想文學和嚴謹的現實主義小說的高峰，並且還在很大程度上代表和影響了當代的文學傾向——對文學綜合發展的願望！

——西蒙諾夫，蘇聯著名戰爭詩人——

譯者序

當荒誕的故事慢慢變成了事實

——黃銘惇——

在二十世紀俄羅斯文學的發展史上，布爾加科夫是最有影響力與創造力的文學家。影響甚至遍及歐洲；其文學作品結合果戈里的荒誕與杜妥耶夫斯基的人性價值；在德國，被譽為他們二人的合體。

⁝

布爾加科夫出生於一八九一年五月十五日，死於一九四〇年三月十日。一九一三年，他與第一任妻子塔季亞納·尼古拉耶夫娜·拉帕結婚，之後，他在一九一六年基輔大學取得醫學學士學位。畢業後，他在斯摩棱斯克地區實習。後來，由於俄羅斯帝國發生內戰，他曾經被徵召成為烏克蘭聯合軍的軍醫；不久後，改投效紅軍，執行相同的工作；最後，他成為南俄羅斯「白禁軍」的一員。一九二一年，布爾加科夫搬到莫斯科，開始為報社與雜誌撰文章。從一九二二年到一九二六年，發表的文章超過兩百篇。一九二四年，他與第二任妻子柳紐鮑芙・葉甫蓋尼耶夫娜・別洛澤爾斯卡亞結婚。一九二八年，他開始構思《大師與瑪格麗特》；一九三二年與第三任妻子艾蓮娜・布爾加可娃結婚。

一九三〇年開始，他的作品禁止出版。因為生活的困頓，所以他寫信給蘇維埃的領導部門，要求擔任莫斯科藝術劇院助理導演的工作，若政府真的不願留他，就請盡快「處置」他。後來，史達林親自打電話給他，承諾提供妥善的協助，最終，他還是得到助理導演的工作。一九三六年，他希望撰寫與導演一部有關史達林的劇作，不過，當局拒絕他的申請，禁止作品的出版與演出。

在政治環境與生活的雙重壓力下，他的健康開始惡化，臨終前幾週，他用口述向妻子最後一次增補小說內容，完成《大師與瑪格麗特》的最後版本。

因為當時的政治環境，布爾加科夫的大部分作品無法出版。《狗郎心》的完成日期是一九二五年，可是一直到一九八七年，蘇聯才出版這部小說。同樣地，一九六六年——作者逝世約三十年，《大師與瑪格麗特》才開始在雜誌上連載，直到一九七三年才正式出書。

・・・

《狗郎心》有相當特殊與敏感的政治背景：一九二五年，蘇聯開始出現「新經濟政治」，引進蘇聯式的資本經濟體。不過，這樣的嘗試卻違反「無產階級」的利益，最後，造成共產黨的內部鬥爭。所以，共黨的宣傳部門開始倡導「新蘇聯人」運動，進行文化整肅。布爾加科夫借用「狗的變種人」，嘲諷當朝的「新蘇聯人」，下場當然很淒慘。一個天才作家卻不能出書，這是肉體不能承受的存在經驗。

《狗郎心》的創作動機來自浮士德與「歌人」（Colem）。歌人是「人造人」。依照煉金術的文獻，煉金師可以利用風、火、水、土四個元素，創造一個沒有靈魂的「人造人」。據傳，烏克蘭人托夫是第一個創造歌人的煉金師；不過，最著名的則是布拉格歌人──哲學與卡巴拉心靈學師猶大·羅文創造的歌人──這是很有名的故事。一八三六年，《奧地利歷史國家雜誌》正式刊登相關記載。同時，作家奧爾巴哈的小說《史賓諾沙》（Spinoza）也描寫了上面的故事，而這就是《狗郎心》裡頭的典故。當代的荷蘭大作家慕里希的小說《神的程序》（Prozedur）將「歌人」的傳說與現代生物醫學結合一起：當現代的生物醫學家變成古代的煉金師時，浮士德的野心將再度點燃──科學家相信，他們可以取代上帝，改寫世界的歷史。

基本上，當今的生物醫學已經變成現代的煉金術，試管早就取代人類的子宮──桃莉羊的母體是自己的幹細胞；科學家早就發現「複製人」的技術，或許不久之後，科學家可以從恐龍化石的DNA，讓冰河時期滅絕的爬蟲類復活。在一九二〇年代，人們會認定，《狗郎心》是一個很荒誕的故事，然而在二十一世紀，原來荒誕的故事卻慢慢變成了事實。我們必須思考一下，這是科技創造的理想國，還是，我們正居住在一個荒誕的世界？

⁝

在翻譯《狗郎心》的過程中，我實現一個小小的心願。本書的文字並沒有成語或文言文。事實上，這不是容易的工作，那是多年練習的成果。希望這樣的嘗試能夠為目前的翻譯文學，注入一股新的生命力。

Contents

推薦序

大師好評

譯者序

一切都始於那個風雪咆哮的夜晚……

第 I 卷

嗚！嗚！嗚！看看我的可憐樣子！我快要死掉了。大門前小路上的暴風雪正演奏一首死神的安魂曲，我的哀嚎正是最好的背景音樂。我完了！徹徹底底的完了！那混蛋戴著一頂骯髒的鴨舌帽——他是人民經濟部中央委員會伙食堂的廚師。這小子知道，該怎樣用死豬肉來照料委員會員工的腸胃，那是他最傲人的成就。這個王八蛋竟然把熱滾滾的沸水潑在我身上，我左半邊的身體全部都變成快熟透的火腿肉了。這個無賴是個王八蛋，而且，他還是一個無產階級！上帝啊！我快痛死了！滾燙的沸水就如同毒蛇的毒牙，陰狠地咬食沒有養分的骨髓。如今，我只能哭叫，一直鬼叫，但是，這一切又有什麼用呢？

我到底招惹這傢伙什麼地方了？我只是在垃圾堆裡撿東西吃，難道會吃垮人民經濟部中央委員會嗎？他是隻貪婪的蠢牛！你們只需看看那一張白痴的臉孔，還有，那個胖混蛋的腰圍竟然比身高還要長，他是個只會消耗國家食糧的騙子罷了！哈！這就是人類！這就是人類！今天中午，滾燙的沸水竟然變成我的午餐。

現在的天色很暗了，大概是下午四點鐘吧！只要一聞到派爾茲特斯恩卡大街飄過來的洋蔥味，你們就應該知道，這時候消防大隊的人員已經開始吃飯了；不過，他們的食物是最難吃的垃圾，跟蘑菇很有得比。一個在派爾茲特斯恩卡大街鬼混的朋友曾經告訴我：在尼哥納雅大街上有一家餐廳，它的名字叫「酒吧」，許多人喜歡到裡頭點份每日特餐來吃，那是加上辣椒醬的蘑菇，每一份得花上三點七五盧布。哈！哈！所謂「老饕」的品味還真奇怪！那東西吃起來就好像啃橡膠輪胎一樣的無味。嗚！嗚！嗚！

左邊身體的疼痛我沒有辦法再忍受下去了，我的眼珠子裡出現一幕影像：明天一大早，我的傷口一定會潰爛。可是，我要怎樣治療自己的傷呢？在夏天的時候，我們還可以在索果尼基公園盡情地奔跑，那地方長有一些藥草；我們可以享受遊客丟掉的香腸尾巴、舔舔衛生紙上面的油脂；在月圓的夜晚，假如那些賤女人不在草皮上哼唱《阿依達》[1]，讓我的心臟掉下來的話，那地方簡直就跟天堂一樣美妙。然而，現在是冬天，眼下我還能去什麼地方呢？您的屁股上曾經留下過馬靴的鞋腳印嗎？這是肯定的。無恥的人類一定曾經用磚瓦砸斷您的肋骨！我相信，次數也一定不會少。我不想再計較自己的悲慘命運了！如果身體的痛苦與冰冷的風雪讓我掉下了眼淚，那也只是因為我還沒有斷氣——狗的生命力是強壯的。

只是，惡毒的人類無情地撕裂、痛扁我的身體，人們把它作賤夠了，而且最慘的是：滾燙的熱水像硫酸般，腐蝕我身上的毛皮，讓左邊的身體完全沒有保護作用了！不久後，我會感染肺結核——那是即將發生的悲劇。親愛的人們，我若是感染肺結核病，飢餓最後一定會奪走我的小命——照理來

1 威爾第的歌劇。

講，得了肺結核就應該要乖乖地躺在門前的樓梯上休養，可到時誰會東奔西跑的為我這隻病狗在垃圾堆裡找食物呢？所以，如果我得了肺炎的話，就只能虛弱的在地上爬，這時候，隨便一個打狗專家都能只靠一根短棍棒就送我去見天主。然後，屋子裡的管理員會一把抓起我的後腿，再把我扔到大卡車上運走……。

所有的管理員都是無產階級的走狗，他們是最醜陋的罪犯，沒有一個不是人渣，他們是生物界裡最低等的動物。廚師倒有不同的種類，例如那個在派爾茲特斯恩卡大街工作、不久前才死掉的瓦勒斯先生，他曾經救活多少條狗啊！生病時，我們一定得先努力地找些東西來吃。一些老狗常說：瓦勒斯先生有時候會拿根骨頭向狗仔們揮手。您一定想不到，骨頭上面竟然還有八分之一的肉塊——因為他是有真正操守的人，所以上帝一定會送他上天堂。瓦勒斯先生是托爾斯泰公爵家裡掌權的大廚，不是那些在中央委員會伙食堂打雜的小混混。那些傢伙在伙食堂裡會提供什麼食物，我們這些狗腦袋根本搞不清楚。那群雜碎常把腐爛與惡臭的死豬肉丟進蔬菜湯裡，而可憐、沒有錢的顧客們完全不知道如此可惡的把戲，就這樣跑到食堂裡大吃一頓，還把盤子舔個精光。

打字祕書屬於第九等的薪水階級，每個月可以拿四十五盧布，此外，情人還會送她一雙法國牌的絲襪。可你知道嗎？為了這雙絲襪她得忍受多少玩弄啊！他看待她的方式是不正常的：他逼迫她一起做法國式的性愛。我們私底下這麼說吧！雖然他們含糊講話的樣子蠻優雅，小口喝紅酒的樣子又那樣誘人，不過，法國人簡直就是豬。是呀！可憐的打字小姐怎麼可能抵抗這些誘惑呢？憑她一個月四十五盧布的薪水，哪可能到「酒吧」這一間餐廳吃飯呢！這還不是最糟糕的事情，她甚至沒有多餘的錢到電影院看一場電影。對女人來說，看電影是人生唯一的享受。她冷得發抖，連眉頭都皺在一起，但還是繼續把食物往下嚥……想想吧！兩道菜就得花上四十盧布，而這些菜色根本連十五盧布的價值都沒有——剩下的二十五盧布早就被總務主任撈走了。對她來說，吃這一頓飯怎麼可能是好事呢？她的左心肺並不是健康的，事實上，開放的法國式性愛文化，甚至害她染上了性病，這些不適也影響到她的工作表現，而伙食堂裡那些腐爛的肉也是造成她生病的原因。

她走過來了！她朝這邊走過來了！女祕書穿著情人送的絲襪，慢慢地走下門前的階梯。冰冷的寒氣凍壞她那細緻的雙腿，一道冷風灌進她的肚子裡，跟現在的我一樣。她為情人穿上細薄的短裙，這裙子的花樣是如此好看，卻完全不保暖，沒有任何的毛料。要是她換上一條法蘭絨合成毛褲，他準會大聲咆哮：「為什麼妳這麼不懂得打扮？我的瑪特尤娜真讓我受不了！她只會用一條法蘭絨的褲子來侮辱我。不過，我的時代已經來臨了。我現在是個堂堂的主席，所有用權威偷來的財富都花在女人、肥美的蝦肉與香醇的美酒上。在年輕的時候，我就受夠了貧窮與飢餓，再不享受，進了棺材就什麼都沒有了。」

我雖然為她的處境感到遺憾，卻更為自己感到難過！我說這些話並不是因為我自私，絕對不是！

因為我們活在不同的世界。她的家至少還是溫暖的，但是，我呢！我……我能去什麼地方？為什麼我要忍受棍棒的毆打、滾燙的沸水與人類唾棄的口水？我能去哪？嗚！嗚！嗚！

「過來！過來！你過來嘛！沙里克[2]……為什麼你慘叫成這樣子呢？可憐的畜生！誰把你搞成這樣子呢？哎呀！」

∴

暴風雪是統御巫婆們的大法師，大門前的小道成了他的法力咆哮的場所。冷颼颼的風雪刮過這小姑娘的耳朵，撩起她的裙子，露出乳白色的褲襪，和沒洗乾淨的底褲，她被嗆得說不出話來。雪落在狗身上，灑了牠一身白。

「我的天啊！這是什麼鬼天氣……哎呀……我的肚子好痛啊！一定是那些死豬肉！到底什麼時候才會停下來呢！」

這位小姑娘低下了頭，準備抵擋大風雪的挑釁。她往前面撲去，衝出大門外。在道路的中央，她身子的轉動像一首華爾滋舞曲的跳躍音符，就這樣漸漸地消失在暴風雪建造的迴旋梯裡。

這一條可憐的流浪狗還躺在大門前的小路上，冰冷的寒風壓迫牠的身體，左邊的傷口一直疼痛，只能不斷地哀叫。在心裡面，牠下了一個重大的決定：這一條可憐的狗命不願意再奔波了，牠認命了，牠決定留在門洞裡，讓死神終結自己的苦痛。絕望已經徹底打敗流浪狗對生命的期待，人類的文字沒有辦法形容牠的痛苦與焦慮。流浪狗的眼睛裡滴出一顆顆如同青春痘大小的眼淚，但當它剛流下來的瞬間，就立刻乾掉了。

在身體受傷的部位，一撮撮黏在一起的濕毛凍住了，像利刃般刺痛著傷口。在傷處中央，露出鮮紅的、不祥的傷口。為什麼那些廚師會這樣無聊、愚蠢，如此狠毒？真是沒有辦法想像！她竟然叫牠「沙里克」……見鬼！牠算什麼沙里克？沙里克就是小球，代表圓圓的、胖胖的、傻呼呼地吃著燕麥粥的良種小狗，同時擁有有名望的父母親。可是，牠卻是那樣的骯髒、粗俗與下賤，脖子是那麼的瘦弱——一條流浪的垃圾狗。雖然如此，還是應該感謝這個女孩取了這個友善的名字。

在這條街的對面，一家店的燈火還亮著。店家的門在這時候打開了，從裡頭走出來一位公民。噢！他是個道地的公民，不是同志，他很有可能還是個先生[3]。他慢慢地靠近了——非常明顯的，他

2 指圓球，代表漂亮的、圓滾滾的狗兒。

3 同志指加入布爾什維克黨的人，這些人主要是無產階級，皮衣、戴帽是他們主要的裝束；公民指沒入黨的人；先生則是指新經濟政策時期出現的一批有錢人，又代表有教養、穿著良好、富裕之人。

是先生！你們或許會這麼問我，我是根據他身上的大衣來判斷的嗎？胡扯！如今許多無產階級無賴也會穿這樣的大衣。當然，大衣領口看起來是完全不一樣的，這是沒有必要爭辯的事實。或許距離太遠，人們是有可能會搞錯，但你們如果仔細看那雙眼睛，不管遠近，要錯認是絕對不可能的事。噢！眼睛是很重要的器官，就像面放大鏡，人類可以利用它看清所有的事實：誰的靈魂是死的？誰會沒有任何理由，就用馬靴踹別人的肋骨？什麼人會害怕身邊的人？什麼人誰都不怕？像這樣低等的奴才會讓我產生興趣，一口咬掉他的骨頭。既然你會害怕，我就咬緊點！你若是害怕的話，被咬也是活該。

嗯……汪！汪！

暴風雪包圍著先生，他充滿自信地越過馬路，並往門洞走了過來。是呀！是呀！我可以看清楚了，這位先生絕對不會誤食任何死豬肉，假如有人膽敢把這樣的一道菜擺在他面前，一定會立刻爆發一場血腥的爭鬥，這位紳士還會在報紙上發表聲明：「我，費立普．費立普波威奇．布列奧普列斯基，被無賴欺騙了。」

他的身影愈來愈近了。這位老兄一定吃了很多美食，他一定不會偷東西，還有，他也不會用自己的腳踹別人的屁股。當然，他也不用怕任何人，因為每一餐他都吃得飽飽的。他是個從事腦力工作的先生。他的山羊鬍修得那樣細緻，棕色的髭鬚是那樣的茂密，看起來就像是個中古世紀的法國騎士。只是，在大風雪的肆虐下，他的身上散發著一股刺鼻與難聞的藥水味，以及一股雪茄的味道。

他媽的！消費合作社到底有什麼魔力，可以吸引他？為什麼他會到這裡來呢？他走得很靠近我了……他到底想找什麼東西呢？呼！呼！呼……在那家骯髒的小店裡，他能夠買到什麼？難道獵人街[4]的東西還不夠他買嗎？那是什麼東西呢？香腸！先生呀！如果您知道，這一條香腸是用什麼肉做的，您一定不會走近這裡。快把香腸丟給我吧！

這條病犬使盡最後的力氣，像條蚯蚓一樣，由門洞往人行道上爬。暴風雪掠過牠的頭頂，雪花上閃亮的月光照亮廣告看板上的巨大字眼：「返老還童可能嗎？」

「這當然是可能的！香腸的芳香已經讓我恢復年輕，使我站了起來。它讓我那兩天兩夜沒有進食的胃腸再度敲響備戰的鼓聲，還壓過醫院裡惡臭的藥水味——那是發酸的馬肉香，裡頭還帶點大蒜與胡椒的調味。我可以追蹤到獵物的蹤影，我確定：這一條香腸一定藏在大衣右邊的口袋裡。他就在我的上方。噢！我的主宰！看看我吧！我快死了。我們命中註定是奴隸，是貧賤的畜生！」

像條蛇般，這一條病犬貼著肚子慢慢的在地上爬行，眼淚則如噴泉奔竄，流了滿面。

「請您看一下，這是愚蠢廚師做的好事。您絕對不會把香腸給我，我太了解你們這些有錢人了，您拿這條香腸到底想幹什麼？為什麼需要這條腐臭的馬肉呢？在這個世界上，除了莫斯科的肉品工業

---

4 莫斯科市一家非常昂貴的購物中心。

外，您絕對找不到這樣的毒藥，況且今天早上，您的確吃過早餐了啊！您是世界名人，著名的男性器官移植專家。嗚！嗚！嗚……在如此偉大的世界裡，不是所有的好事都會發生的。看樣子我應該死不了，絕望可是種罪惡。我必須過去舔他的手，我別無選擇。」

謎樣的先生戴著一副閃亮的金框眼鏡，他彎下身子來，看看這條狗的模樣。他從右邊口袋裡掏出一個橢圓的白紙包，沒有脫下黑褐色的手套，就直接打開紙包，紙張立即遭受暴風雪的撲殺。先生折斷香腸。香腸上面有個標示：精選的「克拉考爾」香腸[5]。他把香腸丟給那隻狗。

「噢！多麼高貴的人品。呼！呼！呼！」

「嘶！嘶！」先生吹起口哨，接著用很正經的口吻說：「過來拿！過來拿！沙里克。」

「怎麼又是沙里克？他們已經把這個名字烙在我的身上。不過，只要您喜歡，怎麼叫都可以。這是對您的善行的一種感謝。」這條狗扒開香腸的外皮，狠狠咬一口克拉考爾香腸，一下子就把它全吞進肚子裡了。香腸和暴風雪，噎住了沙里克，牠的眼淚像海潮般往下奔流，因為吃得太猛、太貪婪，險些連捆香腸的繩子也一起吞了下去。

「我再一次親吻您的手。我想親吻您的褲腳，我的慈善家。」

「好了！這樣已足夠了。」先生的話語很堅持，好像評論家在下結論。他彎下身子，用探究的目光看了看沙里克的眼睛，還用戴著手套的手親密地撫摸牠的肚子——沙里克完全沒料想到會這樣。

「哎喲！」他意味深長地說，「沒有狗鏈。好極了！我正需要你。跟我來吧！」他用手指吹了聲口哨。「嘶！嘶！」

「跟您一起走嗎？到哪都行。就算您用氈鞋的鞋尖踹我，我也不會吭半聲。」

∴

在派爾茲特斯恩卡大街上，所有住家都點亮了燈火。沙里克身上被燙傷的部位疼得無法忍受，然而，過了一陣子，腦子裡打轉的念頭早已耗盡所有精力，沙里克忘記了自己的痛苦：就算在緊急的狀況下，牠也不能迷失狐皮大衣的閃亮影子；事實上，要是緊急時刻真的出現，牠還得立刻表現自己的愛與忠誠。在到歐布綢巷口的這段路上，牠總共逮到七次機會，表達自己的感恩。在米歐特維巷口的地方，流浪狗親吻紳士的馬靴；另外，牠還為了替這位慈善家開路而狂野吼叫，嚇壞一位老太太，讓她慌張地坐在路旁的石頭上；牠也逮到機會嗚嗚呻吟了兩次，來喚醒先生對牠的同情心。

一隻好奇的野貓，冒牌的西伯利亞禽獸，順著屋頂的水管溜下來。雖然暴風雪那麼冷戾，這隻畜

5 波蘭南方的大城市，當地的香腸非常著名，後來也流傳到其他國家。

生還能嗅到克拉考爾香腸散發出來的香味。這時候沙里克幻想著，有錢的先生既然會收留躺在門洞裡的病狗，說不定也會一起帶走這隻屋頂上的野貓，到時候可憐的沙里克必須和這些無恥的無賴分享莫斯科肉品工業出品的香腸，所以牠張開大嘴，裸露出凶狠的獠牙，對一樓屋頂上的畜生不停地吼叫，牠的吠叫聲就好像破了幾個洞的輪胎內胎一樣。嗯。汪！滾開！莫斯科的肉品工業沒有辦法提供足夠的食物，來供養你們這些垃圾貓！你們這些整天只會在派爾茲特斯恩卡大街鬼混的無賴！

先生非常欣賞流浪狗的努力。當他們走過消防大隊，從房子的窗戶傳出悅耳的號角聲，他賞給病狗第二段的香腸，這一段比較小，大概有二十克吧。「哈！這個奇怪的傢伙，他想要引誘我。不用緊張！我絕對不會跑掉，我會追隨您，跟隨您到任何地方。」

「嘶——嘶——嘶！往這邊走！」

「到歐布網巷裡頭嗎？好呀！我對這條巷子最熟悉了。」

「嘶——嘶——嘶！」

「從這兒進去嗎？當然好！啊！拜託，不要、不要！這裡有警衛！警衛是全世界最可惡的人了，他甚至比管理員還危險，這個人是種被其他生物仇視的公敵，他比野貓更可惡，這個混蛋簡直就是穿著金邊制服的屠夫！」

「過來！不用害怕！」

「您好！費立普．費立普波威奇。」

「您好！費尤多！」

他真是大人物！這絕對錯不了。我的天呀！我究竟會被帶到哪裡去呢？讓我遇到誰啦！我的運氣真好！他究竟是誰？竟然把一條街上的流浪狗帶進公社的屋子裡，還經過看門人的面前。看看他！這個守夜班的惡棍，不敢出聲，也不敢動！他的眼睛雖然是黑暗的，卻在黃金色的鴨舌帽的遮掩下，裝出一副不在乎的表情。他尊敬這位先生，而且竟然尊敬到這種程度。現在，我跟著先生一起走，他走到哪，我就跟到哪。怎麼？感到驚訝嗎？哼！快把自己的驚訝吞下去吧！我想大咬這個無產階級無賴的腳，一條長滿蘚的狗腿。這是我送給他的禮物，來回敬他以前對待我的暴力。他曾經用掃把砍打我的頭骨，我都算不清楚次數了。

「過來！過來！」

我知道、我知道。不要緊張嘛！只要所有您想去的地方，我都願意跟隨，您只要為我指出一條道路，雖然燙傷的傷口是如此疼痛，但我的腳步一定不會落後。

「我的信件呢？費尤多！」先生由階梯的位置往下看。

僕人恭敬地向上仰望。「沒有信件，費立普．費立普波威奇！」然後他壓低聲音親昵地補充說：

「在第三棟公寓裡頭，有四個公社的同志被安排進來。」

這位重要人物作出十分激烈的反應，他急躁地轉過身子，把頭伸出樓梯把手的外面，用很憤怒的口氣質問：「您說什麼？」他的眼睛睜得大大的，鬍子如蒸汽般的往上翹了起來。

樓下的警衛仰起頭，用手攏著嘴，肯定地說：「是的！總共有四個人。」

「我的天呀！想想也知道，在這一棟公寓裡頭，將會發生什麼事情了。他們做了什麼嗎？」

「什麼事都沒做！」

「那麼，弗猶多・保羅魏斯契呢？」

「他早就出去了。他去買屏風和磚頭，想在房間裡加裝一道分隔牆。」

「這些混蛋到底知不知道，什麼才是正確的事？」

「費立普・費立普波威奇！所有的公寓裡頭都會安排更多的人進來，只有您的公寓例外。剛剛才舉行過公社的會員大會，大會選出新的管委會，把原先的人都撤了。」

「所有不可能的事情都發生了。啊呀！嘶！嘶！嘶！」

「我來了，我趕上來了。您知道嗎？燙傷的部位有明顯的疼痛。請您讓我舔一下您的馬靴吧！」

在樓下，警衛頭上黃金色的鴨舌帽消失了。在大理石樓梯口，暖氣爐的煙囪散出溫和的氣流。又轉了個彎，就到二樓了。

第2卷

如果在一「俄里」[1]的距離內，就可以聞到肉的香味的話，識字是完全沒有意義的，因為生活在莫斯科這個大都市裡，只要腦子裡還有一點兒智慧，即使不用特地去學習，都可以認得一些字。在莫斯科四萬條狗裡頭，除非是真正白痴的狗，否則沒有不能拼出「香腸」所有字母的。

沙里克先利用顏色來認識字母。牠四個月大的時候，在整個莫斯科的市區裡，到處都是綠色與藍色的招牌，上面還寫著「MCПО」[2]，這些字母代表肉店的意思。我們可以再強調一次，學習識字是沒有意義的，任何有鼻子的動物都可以聞到肉的香味。沒想到有一次倒是出了差錯，因為車輛引擎排放出來的汽油味減弱沙里克的嗅覺，所以綠與藍的顏色成了唯一辨認的依據。於是，牠跑進的店家不是肉店，相反地，那家店是哥路比斯納兄弟兩人的電器行，這家電器行就在馬幾斯尼卡亞大街上。在這個地方，沙里克第一次嚐到電線的滋味，那玩意兒比馬車夫的鞭子更痛。對一隻流浪狗來說，這是沙里克接受教育的開端。在走回人行道的瞬間，牠學到了教訓：藍色不一定代表肉品。忍著疼痛，牠夾起尾巴，痛苦地哀嚎與哭泣。在啜泣中，牠認清一件事實：所有肉鋪的左邊起首字母一定有片金黃色或紅色的「M」字，看起來像雪橇似的。

後來，沙里克的職業教育慢慢進步了。在墨朔瓦亞大街轉角的地方，有一家賣魚的店，他可以認識「A」這個字母，它是這一家店名「Главрыба」的一部分；在「A」之後又認識了「Б」（但是，牠是從招牌後面往前看的，因為招牌的第一個字母下站著一個民警）。

在莫斯科街道的轉角，四角形的磁磚貼面代表著「乳酪」，那個起首字母看起來像是烏黑茶壺的把手「Чичкин」，代表以前的店主辛席金先生，也表示店裡有堆積如山的紅色荷蘭乳酪，和那個販賣乳酪的痴肥店員——他痛恨狗兒們——還有地板上的木屑與爐灶裡發出惡臭的乾酪磚。

在風琴演奏的地方，同時還可以聞到香腸的芳香時，那麼，在白色的招牌上一定補上個很容易辨認的字詞——「不可以」。這個字代表：不可以用粗俗的字眼、不需要給任何小費。在這個地方，有時候會發生幹架的事件，人們會用拳頭揮向對方的嘴角；確實，這種事並不常見，倒是經常打狗，不是用餐巾抽打，就是用靴子踢。

要是不新鮮的火腿成排地掛在窗戶旁邊，或橘子成堆的被放在那兒，汪！汪……那就是食品店！若是深色的瓶子中裝著難聞的液體，噢！這種液體是葡——萄——酒。對了，葡萄酒！耶里夫斯維兄弟們曾經營葡萄酒的事業。

這位不知名的先生把狗帶到自己的家門來，伸手按了門鈴。他的房子在二樓，是間非常豪華的住屋。這隻狗抬頭看向上面巨大的招牌，它的位置就在氣派的門旁邊，招牌上還有粉紅色的鑲花玻璃，

1 俄國沙皇時代的測量單位。
2 莫斯科消費合作社，也就是肉鋪。

上面的字體則是金黃色的。牠立刻把招牌上前三個字母拼在一起：「Про」，Про後面的字母是一個兩面都有一個圈圈的怪物[3]。可惜！這條笨狗並不知道它的意思。

這個字是不是無產階級呢？沙里克狐疑地猜想。這是不可能的！牠抬起自己的鼻子，再聞一次毛大衣，然後，用種非常肯定的語氣告訴自己：不對，這完全不是無產階級的氣味。這個字看起來很有學問的樣子，可是，只有老天才曉得，它是什麼東西。

在這一片粉紅色玻璃的背後，突然出現一道愉快的光，不停地閃爍，然而失去光芒時的黑色招牌卻變得更加黯淡。房子的門打開了，沒有一點聲響。在狗和先生面前，一位美麗的年輕女郎出現了，她穿著白色工作服與尖尖的帽子。她對牠微笑，她的笑容有天堂般的溫暖。她的裙子散發著紫羅蘭的芬芳。

在心裡頭，這條流浪狗這麼想：「很不錯，我喜歡這樣子。」

「請進來！沙里克先生。」任何人都可以聽出來，先生的話帶有諷刺的口氣。不過，沙里克還是搖著尾巴，愉快地踏進這間房子。

在前廳的地板上，存放許多東西，並反射出亮麗的光彩。廳裡還有一面落地穿衣鏡，裡頭映照出一隻沒有家且骯髒的沙里克。在物品的上方，擺放一些恐怖的麋鹿角、數之不盡的皮草與套鞋。在天花板上頭，則是裝飾著蛋石鬱金香的吊燈。

「您是從哪兒弄到這條狗的呢？費立普·費立普波威奇！」年輕女郎微笑地提出疑問，一邊幫這先生脫掉身上的狐皮大衣。這是一件厚重的大衣，黑褐色的料子像天上藍色的星星一樣發亮。

「我的天啊！這條狗有皮膚病。」

「不要隨便亂說！哪裡有皮膚病？」他的口吻是嚴峻的。他脫掉大衣，露出裡頭的黑色西裝，這是件用英國布料剪裁出來的精品。此外，肚子上頭有條閃亮的黃金鏈子。

「等一下！不要跳來跳去。嘶……你得安靜一點！你這個蠢東西。嗯……這不是皮膚病。不要出聲，見鬼了。啊哈！這是燙傷。哪個混蛋燙傷你了？靜靜地站在這個地方。」

「是廚師！那個該死的廚師！」狗兒抱怨的眼神回答著他的問題，一邊輕輕地哀嚎。

「金娜！」先生命令眼前的女郎，「立刻帶牠到檢驗室、準備我的工作服。」

這個女人吹一下口哨，並用手指推一下門；這條狗遲疑了一下便隨她的指示跟上。他們兩個一起穿過一條很窄的走道，走道上光線昏暗。經過一道剛上過漆的門之後，他們來到走廊的盡頭，左方有一間小房間。小房間散發出一股不祥的味道，頓時讓狗兒感到噁心。隨著一聲清脆的響聲，房間的黑暗蛻變成明亮的白日，光芒照亮屋裡的每個角落，所有的東西都成了閃亮的星星。

---

3 指「ф」。

「噢，請不要這樣子！」在腦海中，這條喪家犬不斷地哀嚎。「對不起！我沒有辦法照辦！我已經了解一切了，他媽的無賴跟你們的香腸。他們引誘我到一家獸醫醫院，不久以後，他們就會強迫我喝掉整瓶麻醉藥，然後用小刀切掉受傷的部位，但是，任何人都不可以碰觸這個部位呀！」

「你想去哪裡？」那位叫金娜的女人大聲叫。

這條狗跑開了。一弓身，牠用身體沒有受傷的部位，猛烈地撞擊門板，重擊的聲響傳遍公寓每個角落。牠的身體被重力彈回來，在原地不停地轉圈子，活像馬鞭催促下轉動的橡皮車輪，牠還踢到一個白色的垃圾桶。這條狗在原地轉啊轉著，只覺得牆板、白色的工作服與女人扭曲的臉孔、裝滿一大堆光亮的工具的箱子在牠眼前上下飛舞。

「你到底想跑到哪兒？你這個骯髒的魔鬼！」金娜絕望地大吼。「這畜生好像被魔鬼附身了。」

那兒是後門？這條狗正思索著。牠擺起架勢，蜷成一團，胡亂地朝門上的玻璃窗撞去，抱著一股那地方可能是後門的希望。玻璃像破碎的雲朵，一下子就散落在地板上。這一刻，一只裝著紅藥水的大肚玻璃瓶也掉了下來，藥水流得到處都是，還帶著刺鼻的氣味。這時候，真正的門打開了。

「停下來！你這個畜生。」屋子的主人喊叫。他把工作服的袖子紮在腰上，往前跨一個箭步，緊緊地抓住沙里克的後腿。「金娜！抓住牠的脖子。這個野蠻的畜生！」

「我的天啊！這算什麼狗啊！」

門這時開得更大了，另外一位穿工作服的男子突然衝出來，他踩著地上的碎玻璃，卻不是跑向流浪狗，而是一個勁兒地衝往一只箱子前——嘩地打開它，整間屋子立刻充滿一股甜甜的味道，而且甜到讓人反胃。無名的男子用自己的肚子壓住狗，這條狗以牙還牙，猛咬這個男子的腳，他痛得大叫，卻不願意放手。引發嘔吐感的藥水味薰得這條惡犬喘不過氣；在牠的腦子裡，所有的東西都變得混亂了；雙腿也開始喪失知覺，身體慢慢地滑落倒在地板旁邊。「感謝老天啊！一切都結束了。」牠覺得自己像是經歷了一場夢境，最後倒在尖銳的碎玻璃上。「再見了！莫斯科。我再也沒法看到辛席金先生的鋪子、無產階級與克拉考爾香腸了。我受盡狗的苦難，現在，我要上天堂了。兄弟們！你們這些折磨人的傢伙。為什麼你們要這樣對待我？」

牠靜悄悄地躺在一旁，昏死過去。

∴

狗兒再次醒過來時，仍有些微暈眩的感覺，胃有點噁心。令人訝異的是，牠半邊的身子似乎不見了，沒了痛的感覺。牠慢慢張開右眼，發現肚子與燙傷的部位被紗布緊緊地捆綁起來。在模糊不清的意識裡，流浪狗怒罵著：他們還是做了，這群狗養的！但幹得不錯！應該給他們說句公道話。

「從塞維亞[4]到格拉納達，這是個寂靜與黑暗的夜晚。」狗的耳邊環繞著懶散與走調的哼唱。這條狗覺得很奇怪，睜開了雙眼，看到前面兩步距離的地方，一條男性的腿擱在一張白色凳子上，他的褲管與襯褲都被往上捲起來，在赤條條的後腿上，還有一些乾掉的血跡與碘酒。

「我的天啊！」這條狗這麼想：「我一定咬傷他了，這是我的傑作，我得挨揍了。」

「『你的聲音似一首奏鳴曲，像利劍發出來的光芒！』為什麼你要咬傷我們的醫生呢？你這個沒有家的野狗！為什麼撞壞門上的玻璃呢？為什麼？」

「嗚！嗚！嗚！」可憐的傢伙哀怨地搖著尾巴。

「好了，既然你已經醒了。就躺在地上吧！你這個蠢蛋！」

「您是怎麼把這條神經質的狗弄回來這裡的呢？費立普．費立普波威奇！」問題來自很友善的男性聲音。他的褲管再度恢復到原來的樣子。一股煙味飄來，櫥櫃裡頭同時發出了拿玻璃瓶的響聲。

「愛撫啊！當您和這些生物相處時，這是唯一的方法。在一隻野獸的身上，恐怖的暴力是不管用的，不管這種動物處於哪種階級，這是我常說的道理。以後，我還是會這麼說。如果您認為暴力有用的話，那只是他們的幻想。不對！不對！不論是哪種暴力，白色的、紅色的或棕色的，恐怖暴力沒有任何幫助，恐怖暴力只會麻痺神經系統。金娜！我為這隻狗娃娃花了一盧布四十戈比，買了一條克拉考爾香腸，過會兒牠假如不再嘔吐，就再賞給牠一條。」

一陣掃玻璃的沙沙聲過後，一個女人的聲音嬌滴滴地說：「克拉考爾香腸！我的媽啊！您應該給牠一條二十戈比的碎肉。克拉考爾香腸最好留給我吃。」

「妳給我試試看，我看妳敢吃！這東西吃進肚子裡，就會中毒！妳已經是個大姑娘了，嘴巴不要經常吐出那麼髒的字眼，克制自己一下。我警告妳：如果妳的肚子開始疼痛，我和博爾緬塔爾醫生都不會照顧妳——『……誰說別家的姑娘比得上妳……』。」

柔和的鈴聲在這時響遍整個公寓，從前廳裡遠遠地傳來說話聲。電話響了，金娜的身影也消失了。教授把剩下的煙蒂丟進垃圾桶，扣好工作服的鈕釦，他站在鏡子前面，整理自己的山羊鬍，接著對狗兒說：「嘶！嘶！已經好了！已經好了！過來，一起去診療室吧！」

這條可憐狗撐起沒有力氣的雙腿，牠的身體不斷地搖晃與顫抖，但是很快就站穩了，跟在教授身上飄揚的工作服後頭走了起來。沙里克再次走到狹窄的走廊，這一次走道上頭的燈是亮的。當上漆的門打開後，牠和教授走進診療室。閃爍的燈光照亮了沙里克與房間內的所有設備，它們全都是光的祭品：書桌閃耀著光芒，燈光也反射到牆上與玻璃櫥窗，一片燦爛輝煌。在所有的東西中，一隻巨大的貓頭鷹特別吸引沙里克的眼睛——牠安安穩穩地坐在牆上的樹枝上。

4 西班牙城市名，出自義大利作曲家羅西尼的「塞維亞的理髮師」片斷。

「坐下！」教授下達命令。

對面的雕花木門打開了，那個被咬傷的男人走了進來。在光的照明下，可以看清楚，英俊年輕的臉上留著黑色八字鬍。他交給教授一張病歷表後，這麼說：「之前來過……」

在沒有任何的聲響下，他的身影消失了。教授扯平工作服上的皺摺，坐在巨大的桌子前面，教授的樣子突然看起來很有尊嚴與權威。

「不對！這不是家獸醫醫院，我到了不一樣的地方。」這條狗這麼想著，然後坐在黑色皮革沙發上的毯子上。「至於這隻貓頭鷹是怎麼回事，我們以後再來搞清楚。」

大門輕輕地打開了，一個人走了進來。對沙里克來說，他的模樣非常怪異。雖然這條狗的感覺不是十分明確，牠還是輕聲地吠了一下。

「別叫！噢！您簡直讓人認不出來了。我的貴客！」

剛進門的傢伙對教授的態度蠻有禮貌，還彎下腰，向他鞠躬。

「嘻嘻，教授，您是個魔術師，真正的大法師！」他一臉窘色地說。

「脫下您的褲子，我的貴客！」教授命令來訪的病人，隨後從椅子上站了起來。

「我的老天啊！」在心裡面，狗兒這麼想：「這傢伙是個什麼玩意兒啊！」

這個人一頭綠色的髮絲，但後腦勺的頭髮卻是別的顏色，看起來像極了黑褐色的煙草。他的臉上佈滿皺紋，氣色卻如同剛出生的嬰兒一樣紅潤。左邊的腳是瘸的，走起路來總是拖著腳步，右腳卻蹦蹦跳跳——像活潑的小朋友屈著一隻腿玩著遊戲。在他西裝的口袋上佩著一枚寶石胸針，形狀就像是雪亮的眼睛。

流浪狗對來訪的病人產生一些興趣，噁心的感覺也頓時慢慢地消失了。

「汪！汪！」牠輕聲吠叫。

「安靜一點！您的睡眠狀況好嗎？我的貴客！」

「哈哈！教授，這裡只有我們兩個人嗎？這一部分是沒有辦法形容的。」他回答教授的問題時，顯得有些不好意思。「這是我對您的稱讚！二十五年來，根本沒有碰過類似的經驗。」訪客緊緊抓住褲子上的鈕釦。「教授！請您相信我！每一天晚上我都夢見數不盡的裸女，她們真的讓我發狂。您真是個大法師啊！」

「嗯！」教授很憂心地呢喃，邊仔細端詳病人的瞳孔。

訪客終於解開褲子的鈕釦，這條不平整的褲子掉落到地上。裡頭是一條從沒見過的內褲，奶油色的底子上，用絲綢繡了一條黑色的貓咪，此外，還可以聞到一股香水的氣味。

流浪狗實在沒辦法忍受貓的存在，所以汪地吠叫一聲，病人因此驚嚇得跳了一下。

「等一下我一定揍你一頓！不用害怕！牠不會咬人。」

「什麼！我不會咬人？」流浪狗自己都感到疑惑。

病人口袋的小信封突然掉落到地毯上，上面畫著一個長髮披肩的美人圖。訪客趕緊往前一跳，迅速地蹲下來撿起那個信封。他的臉就像烙鐵般火紅。

「您得小心點！」教授說，同時用手指威脅與警告病患。「您得留意自己，不要太誇張！」

「我沒有！」病人很尷尬，他喃喃地回答，邊繼續脫下衣服。「只是試驗一下，高貴的教授！」

「那又怎麼樣？您得到什麼樣的結果呢？」

病患興奮地揮動自己的手。

「教授！我可以對上帝發誓。二十五年來，我從沒有相同的經驗。最後一次是在巴黎的和平大道，那是一八九九年五月的事了。」

「既然如此，為什麼您的頭髮變成綠色的呢？」

訪客的臉色瞬間變得很凝重。

「他媽的，都怪那家化妝品公司！教授，您完全不能想像那群混蛋把什麼東西當染髮水賣給我！您只需要睜開眼睛看看。」他低聲地說，接著嘗試朝鏡子看了一下，「這真是太慘了！一定得把那些傢伙揍一頓。」他憤怒地補充說道。「我現在該怎麼辦？教授！」病患哭訴地哀求。

「嗯，全部理光！」

「但是，教授！」病人埋怨地叫喊。「以後頭上長出的還是白頭髮啊！而且，剃光了頭我怎麼去上班？現在這副模樣根本無法出門，我已經待在家裡三天了！啊！教授，如果您能發明一個方法，讓頭髮也可以恢復年輕，該有多好。」

「一個一個慢慢來。」教授滿臉不耐煩。他彎下身子，用雪亮的眼睛檢查病人的肚子，然後這麼說：「看起來很好！一切都沒有問題。老實說，我自己都沒有預期到會有這麼好的結果。『血也多，歌也多……』好了，您可以穿上衣服了，我的貴客！」

「我為我的美女……」病患扯著破鑼嗓子跟著一起唱。在愉快的心情下，他開始穿上衣服。穿好衣服以後，他立刻跳到教授的面前，帶著那股強烈的香水氣味。他把一大疊的紙鈔交給教授，溫柔地緊握他的雙手向他告別。

「兩個禮拜之後，您再過來複診。」教授說，「不過，您還是得小心點！」

「教授！」門檻後傳來異常激奮的聲音，「您儘管放心吧！」他得意地嘻嘻笑了兩聲，消失了。

門鈴的聲響傳遍整個公寓。剛上漆的門又打開了，被狗咬的年輕人再度走進來，他交給教授一張病例表，說：「年齡填錯了，大約五十四、五歲左右。心跳有點雜音。」

他走開後，一位戴著帽子的女士出現了，帽子有誇張的上彎角度。佈滿皺紋的脖子上掛著一串光彩奪目的鑽石項鍊。她的眼皮下有兩個讓人作嘔的黑眼圈，臉龐卻有著洋娃娃般的紅潤氣色。

她的情緒很激動。

「親愛的女士！您幾歲了？」教授用相當嚴正的口吻質問病人。

這位女士嚇了一大跳，連上過胭紅的臉都變得蒼白。

「教授！我可以向您發誓。您知道嗎？這是多麼離譜的鬧劇呀！」

「請問，您到底幾歲了？親愛的女士！」教授以更嚴厲的語氣重複相同的問題。

「我發誓……，四十五歲。」

「親愛的女士！」教授大吼。「我還有其他病人，請不要耽誤我的時間，您不是唯一的病患！」

女士激動地挺起自己的胸脯。

「我只告訴您一個人，您是科學的火炬。我發誓，那是多麼恐怖的事。」

「您到底幾歲了？」教授惱火地大聲問，他的眼鏡露出銳利的光線。

「五十一歲！」女士驚嚇地轉過身子。

「請您脫掉褲子，親愛的女士。」和緩一下情緒之後，教授這麼說，並用手指指向房間角落一個白色的高台。

「我向您發誓，教授！」當驚慌的手指扳開褲腰上的鈕釦，她喃喃自語：「這個牟利斯……，我對您的表白像教堂的告解一樣，我必須承認這件事……」

「從塞維亞到格拉納達……」教授無聊地哼哼歌，接著踩下大理石洗手台的踏腳，水流嘩啦嘩啦作響。

「我可以對上帝發誓，」女士這麼說。在她塗得五顏六色的臉頰上透出了陣陣紅暈。「我知道，這是我人生的最後熱情，他卻是這樣一個無賴。噢！教授！他是個只會詐賭的賭棍，在莫斯科，每一個人都認識這個無賴。他永遠沒辦法放過服飾店裡任何一個賤貨。可是，他卻是這麼的年輕。」她自顧自地抱怨著，還從沙沙作響的裙子裡扔出一團帶花邊的東西。

這條狗已經完全被搞糊塗了，牠的腦袋呈現一片混亂。

「你們通通見鬼去吧！」牠迷迷糊糊地想著。把頭擱在前爪上，牠難為情地打起瞌睡了：「我不想去了解到底發生了什麼事，反正我完全不懂。」

鈴聲吵醒沙里克了，牠看見教授把光亮的鑽子丟到臉盆裡頭。

這位滿臉斑點的女士用手緊抓著胸部，她用充滿希望的眼神望望教授。他皺了皺眉，走到桌子旁邊，寫下一些東西。

「親愛的女士！我將為您移植猴子的卵巢。」他用嚴肅的眼神宣告診斷結果。

「一定要用猴子的嗎？」

「是的！」教授的回答沒有任何商量的餘地。

「什麼時候能動手術呢？」她的臉色更慘白了，問這個問題時，聲音是那麼的微弱。

「『從塞維亞到格拉納達……』嗯，星期一吧！那天早上，您來我們的醫院，我的助理會為您做好準備工作。」

「我不想在醫院動手術！教授，能不能在您這邊的診所呢？」

「您張開眼睛看看，只有在非常特殊的狀況下，我才會在這裡動手術。而且，這要付出很昂貴的代價——五百盧布。」

「我同意，教授。」

水又嘩啦啦響起來，一頂羽毛帽子飄浮在空中離開了。緊接著另一顆頭出現了，這顆頭禿得跟盤子一樣光亮，它的主人熱情擁抱了教授。狗兒仍打著瞌睡，噁心的感覺已經退去，身體受傷的部位完全不痛了。流浪狗享受幸福的感覺，陶醉在一股溫暖中，牠甚至打了一次哈欠，作了個很短暫、快樂的夢，夢見自己扯下貓頭鷹尾巴的一撮毛。突然間，牠的頭上傳來激動的聲音：「在莫斯科，我的名氣太響了。教授，我該怎麼辦呢？」

「我的天啊！」教授生氣地叫喊。「這樣不行啦！您得控制一下自己。女孩幾歲了？」

「十四歲！教授，您必須了解，如果這件事被爆出來的話，我就徹底完了。未來幾天我會到國外出差。」

「我的朋友，我畢竟不是法官！您可以再等兩年，然後和她結婚。」
「我早就結婚了，教授！」
「哎呀！您真是個天大的麻煩。」
門板不停開開關關，進來的臉孔不斷變換，櫃子裡的工具一直吱吱作響。教授的工作也絲毫沒有歇息的一刻。

∴

「這是間下流的公寓，而它卻是如此的美麗。」這條流浪狗天真地想像周遭的際遇。「他為什麼一定要把我弄到手呢？難道他想收留我？奇怪的傢伙。事實上，先生只要眨眨眼，就能擁有一條漂亮的狗兒——一條讓人羨慕的狗兒。但是，或許，我是條漂亮的狗吧！這一定是我的好運氣。不過，上頭的貓頭鷹是邪惡的……那麼無禮。」
直到深夜，沙里克才真正地醒來；換句話說，在這個時候，鈴聲才終於停止了。屋裡進來了一批特殊的訪客，他們總共有四個人，全是年紀不大的年輕人，他們的衣著都有點寒酸。「這些傢伙到底想幹什麼呢？」狗兒的思緒充滿強烈不解。

這些人出現的時候，教授表現出非常不友善的敵意。他站在桌子旁，注視來人的眼神就像統帥盯著來襲的敵人，不斷擴張的怒氣還撐開鷹鉤鼻，使鼻孔不停翕動。

四個人前腳跟著後腿，踏上地板上的地毯。

「我們來拜訪您了，教授！」其中一個傢伙開口了，他那黑色稻草般的濃密頭髮，足足有十五公分高，「狀況是這樣子的……」

「敬愛的先生們！在這樣的天氣裡，你們應該穿上套鞋。」教授用教訓的口吻打斷他的話。「第一點，這樣子會讓你們感冒。第二點，你們會弄髒我的地毯——這些全部是有名的波斯地毯。」

頭上全是黑色稻草的傢伙頓時安靜了下來，四個人全都漲紅著臉盯著教授。然而沉默只持續了幾秒鐘，教授手指敲擊桌上一塊漆有彩繪的木板的不耐聲響，打破了無聲的緊張氣氛。

「第一點，我們不是先生。」當中最年輕的人終於開口了。他的臉蛋像桃子一樣。

「第一點，」教授又打斷他的話，「請問您是男人還是女人呢？」

四個人張大嘴巴，說不出話來。這一次，那個黑色頭髮的傢伙首先回過神來。

「這有什麼差別嗎？同志！」他高昂地提出自己的質問。

「我是個女人。」臉蛋像桃子的年輕人承認自己的性別。她穿著一件皮夾克，害羞的臉蛋比桃子更紅潤了。可是，另外一個人的臉色不知為何也變得如火焰般熾熱，他是個戴鴨舌帽的金髮小伙子。

「既然如此，您可以戴帽子。但是您，閣下，我必須請求您，把鴨舌帽脫下來。」教授這時的表情充滿著不屑。

「我不是什麼閣下。」金髮年輕人的口氣嚴厲，不過後來還是脫下了帽子。

「我們來拜訪您……」那個黑色頭髮的傢伙再度開口。

「請再告訴我一次，你們是誰？」

「我們是新任的公寓管理委員會。」黑色頭髮的傢伙壓抑內心的憤怒，說明自己的來意。「我的名字叫施翁德爾，她叫作維亞瑟斯卡亞，而其他這兩位同志則是培斯路辛與沙羅伍金。我們來這裡的目的是……」

「你們是搬進弗猶多・保羅魏斯契・撒柏林公寓的那些人嗎？」

「是的！」施翁德爾說。

「我的天啊！卡拉布契公寓徹底淪陷了。」教授死心地叫喊，兩隻手緊緊地握在一起。

「教授！您不是亂開玩笑吧？」施翁德爾憤怒地質問。

「開玩笑？我是絕望了。」教授大聲嘶吼。「那麼，以後還會有暖氣嗎？」

「您嘲笑我嗎？布列奧普列斯基教授。」

「你們來這兒，到底有什麼目的？盡可能簡短說明，我要去吃飯了。」

「我們，也就是公寓管理委員會。」施翁德爾的語氣充滿怒氣，「遵照公寓的會員大會的建議前來拜訪您。目前面臨的問題是：怎麼縮小公寓的住房面積……」

「縮小誰的住房面積？」教授厲聲吼叫。「麻煩請把意思說得清楚些。」

「我們的問題是如何縮小公寓的住房面積……」

「夠了！我已經懂了。你們知道嗎？依照八月十二日的大會決議，我的公寓不受任何約束，不管是面積縮小或遷進新房客。」

「我們知道這項決議。」施翁德爾回答。「但公寓管理委員會審查過這個問題，然後得到一項結論：您要求的住房面積太多了，真的太多了！您一個人的公寓竟然有七個房間。」

「這間公寓是我居住以及工作的地方。」教授說，「實際上，我還需要第八間房間，用來當做圖書館。」

四個人傻傻地站著，一臉目瞪口呆。

「第八間房間！嘿嘿。」先前脫掉帽子的那位金髮年輕人這麼說：「我沒有聽錯吧？」

「真是無法想像！」那位曝露自己性別的女孩大叫。

「我這些房間一間是候診室，你們好好牢記這件事：它還兼作圖書館！一間是飯廳，另一間是診療室，至此已占了三間房間。檢驗室——第四間房間，手術室——第五間，我的臥室——第六間，佣人的房間——第七間。我還缺……不過這不重要。我的公寓是神聖的，不能再縮減了。我們的談話該結束了，我可以去吃飯了嗎？」

「對不起！」第四人說。他的樣子看起來像強壯的黑色金龜子。

「對不起！」施翁德爾打斷他的話，「因為您的飯廳跟檢驗室的關係，我們才會來這裡打擾您。公寓管理委員會請求您，在工作可以容許的範圍內，自動放棄飯廳。在莫斯科，沒有一個人擁有自己的飯廳。」

「甚至伊莎朵拉·鄧肯[5]都沒有這樣的特權。」那女孩子淒厲地叫喊。

教授怔住了，整張臉紅了起來。他沒有說任何一個字，只是等待即將發生的變化。

「還有檢驗室！」施翁德爾繼續他的話，「您大可在診療室進行檢驗。」

「噢，這樣子啊……」教授說話的語調有點奇怪。「那什麼地方可以讓我吃飯呢？」

「在臥室！」四個人的回答像唱詩班的和聲一樣整齊。

教授通紅的臉剎那間轉變成一片肅殺。

「在臥房吃飯。」他的話語裡隱含著壓抑的憤慨，「在檢驗室看書、在前廳穿衣服、在佣人的

5 二十世紀初著名的美國舞蹈家，她和蘇聯的詩人謝爾蓋·葉賽寧結婚。

房間進行手術、在飯廳進行診療，如果伊莎朵拉．鄧肯會這麼做，那是完全可能的！她或許會在工作室吃飯，在浴室解剖兔子，這是可能的！不過，我不是伊莎朵拉．鄧肯。我要在飯廳吃飯，在手術室動手術。你們去跟委員會報告這些事情。現在，我請你們回頭去管管自己的事情，並賞賜我這樣的恩惠：讓我在正常人吃飯的地方吃飯——就是在飯廳吃飯，不是客廳，或小孩子睡覺的臥房。」

「教授！既然您要這樣強烈反抗，」施翁德爾激動地說，「那我們只好向上級部門檢舉您的抗拒行為。」

「噢！」教授顯然相當不以為意，「是這樣子嗎？」他的語氣變得散發出一種讓人感到狐疑的禮貌。「請你們等一下。」

「他是真正的狠角色。」這條狗非常激賞地想著。「他跟我完全一樣。噢！他會立刻狠咬他們一口，可要怎麼咬他們呢？我還不知道他會用什麼方式，但是我肯定，他絕對會咬這些人一大口。狠狠地把這些無賴揍一頓吧！我很想咬那個腿長的傢伙，就在馬靴上面的膝蓋骨。嗚！嗚！嗚！」

教授拿起電話筒，往裡頭說話。

「請您……是的……謝謝。請您幫我轉接威達里．亞歷山多維奇先生。我是布列奧普列斯基教授。威達里．亞歷山多維奇嗎？能找到您真是太好了……謝謝，我很好。威達里．亞歷山多維奇，您的手術取消了。……什麼？不是，完全不是，其他所有的手術也取消了。我想告訴您：我要結束莫斯科跟俄國境內的所有工作。剛才有群人來找我；其中，有個扮成男人的女人，還有兩個帶著手槍的傢伙，跑到我的公寓來恐嚇我，要我放棄部分住房。」

「拜託您，教授！」施翁德爾的臉色開始轉為蒼白。

「請您原諒……我沒辦法再重複剛剛講的話，我沒有耐心去聽那些沒有意義的廢話。只要說明一點就夠了：他們建議我放棄手術室，也就是說，他們強迫我在替兔子解剖的地方為您進行手術，在這樣的工作環境下，我沒有辦法，也不能工作，所以我必須終止所有的工作。我要把公寓關起來，然後到索契[6]去。我會把鑰匙交給施翁德爾，他應該會替您手術。」

四個人全呆住了。原來在馬靴上的雪這時候已經融化。

「我該做什麼事呢？……對我來說，這會是很不愉快的結果……什麼？噢，不！威達里・亞歷山多維奇！噢，不！像現在這個樣子，我是不會同意的，我的忍耐已到了極限，從八月開始，這是第二次了。嗯……隨便您，我這邊沒有問題，只有一個條件：不管什麼人、什麼時間，簽什麼對我來說都無所謂。我只需要一張證明，它必須能夠保證，不論是施翁德爾，或其他哪一個人都不能再一次走進我的公寓——一張完全沒有問題的證明，一張有效的、可以保護我的權益的文件，讓他們以後再也不

6 俄國黑海旁邊的渡假城市。

能提起我的名字。好了，就這麼說定。對他們來說，我已經死了。是的。是的。請說。啊——哈。好的。哎呀！這聽起來好多了。啊——哈……好的。我把聽筒交給他。麻煩您了。」

教授心情愉悅地對施翁德爾說：「有人想跟您講話。」

「謝謝您，教授！」施翁德爾這麼說。他的臉一會兒紅，一會兒白。「您把我們的話曲解了。」

「請不要這樣說。」

施翁德爾不知所措地拿起聽筒，「我在聽。是的……委員會主席……我們是依照規則在辦理的……教授有特殊的待遇……我們知道他的工作……我們會讓他擁有五間房間……這樣嗎？……既然這樣……好的。」

他的臉紅得像辣椒一樣，氣沖沖地掛上聽筒後，轉過身子。

「看看他解決那小子的樣子。先生的確是狠角色。」這條狗興奮地想著。「難道他知道什麼必勝的魔咒嗎？好吧！你們可以揍我。隨便你們怎麼樣！我不會再離開這兒了。」

其他三個人張大嘴看著施翁德爾，他像被吐痰的耗子，一動也不動。

「這簡直是一場羞辱。」他激憤地說。

「如果我們可以和威達里．亞歷山多維奇討論的話……」那個女人十分激動，一張桃子臉變得更紅了。「我們可以向他證明……」

「對不起，你們想在這裡進行討論嗎？」教授很有禮貌地問。

那女人圓大的眼睛發出銳利的亮光。「我可以聽懂您的諷刺。教授，我們會立刻離開這裡。但我身為公寓管理委員會文化組的負責人……」

「女——組——長！」教授修飾他的用詞。

「請您買一些雜誌。」這個女人如此說，並從夾克裡掏出一疊雪水沾濕的彩色雜誌。「這是為幫助德國的兒童募款用的，每一本只要半個盧布。」

「不要，我不會買。」教授回答道，並用眼角的餘光掃了一下雜誌。

怒火立刻為四個人的臉蛋染上顏料，女人臉紅得像推著火箭筒上升的火焰。

「為什麼不要？」

「我不願意！」

「難道您對德國的兒童沒有一點同情心嗎？」

「噢——不！我當然有同情心。」

「半個盧布會讓您為難嗎？」

「不會！」

「那麼，為什麼？」

「我就是不要！」

一陣冰冷的沉默。

「您必須曉得，教授！」女人重重地吸了一口氣，「假如您不是歐洲大陸的權威人士，同時還得到那些大官（那個金髮少年抓住她的夾克，但她推開了他）無條件的幫助的話——至於哪些人在背後幫助您，我們會弄清楚的——您一定會遭到逮捕。」

「為什麼呢？」教授很好奇地問。

「因為您憎恨無產階級。」那女人驕傲地回答教授的問題。

「是的，我並不喜歡無產階級。」教授悲傷地承認這一項事實，然後按了鈴。鈴聲響了，走廊的門打開了。

「金娜！」教授大聲地叫嚷。「開飯！是不是能允許我開始吃飯呢？我的大人們！」

四個人沉默地離開診療室，他們無聲地走過候診室與前廳；在他們的身後，可以聽到公寓的門板重重地關上，像春雷一樣的猛烈。

流浪狗用後腳立了起來，對著教授拜了幾拜。

第3卷

盤子上有雕刻著天堂的花朵，周圍是一大圈的黑色滾邊，裡面擺著像蛋殼一樣薄的鮭魚片與調味過的鰻魚；在一塊黑色的長條形木板上，有一塊像流著剔透淚珠的乳酪；一個銀色碟子裝著亮晶晶的雪花，雪花上面的菜餚是魚子醬；在盤子之間，有一對瘦長的高腳杯與三個水晶小酒杯，酒杯裡頭是不同顏色的伏特加——所有這些餐具都擺放在一張大理石檯面上。檯子旁則站著一口碩大的橡木雕花餐櫥，櫥旁的水晶與銀色燈光交替地閃爍。在飯廳的中央，有一張像墓碑的桌子，上頭鋪了一條白色的桌巾，上面放著兩套餐具、兩條折成像教宗頭上三重冠形狀的餐巾，還有三瓶黑色的酒瓶。

金娜端上一個有蓋子的銀盤，裡面滾燙的熱湯還咕嚕作響著。盤蓋下的細縫，溢出菜餚的香氣，讓狗兒滿嘴都是唾液。這是賽米拉米斯[1]的空中花園！牠的尾巴像根棒子，猛力敲擊桌腳。

「都端過來吧！」教授貪婪地吩咐。「博爾緬塔爾醫生，我請求您，不要吃魚子醬。如果您願意聽我建議的話，請您倒一杯普通的俄國伏特加吧！不要英國威士忌。」

外表俊美的男子並沒有穿工作服，他身上穿著一件講究的黑色西裝。聳一下寬闊的肩膀，他倒了一杯清澈的伏特加。

「這是上等的酒嗎？」

「拜託您，我的朋友！」屋子的主人這麼回答。「這是酒精。達里亞・佩特羅娃娜釀造的伏特加是極品中的極品。」

「但是，費立普．費立普波威奇，每個人都說，百分之三十的伏特加才有最好的風味。」

「伏特加一定要有百分之四十的酒精，不是百分之三十。這是第一點。」教授賣弄他的學問。

「第二點，只有天知道，酒裡頭還放什麼東西。您可以說：『他們還可以想出什麼好主意嗎？』」

「他們什麼都想得出來。」年輕醫生很肯定地說。

「我也這麼認為。」教授補充說，接著他拿起酒杯，一口把杯子裡剩下的酒全部吞入喉嚨。

「嗯……博爾緬塔爾醫生，一口乾掉吧！如果您說味道不好，那我一輩子都是您的死對頭。『從塞維亞到格拉納達……』」

在哼唱這幾個字的時候，他用一把爪形的銀色叉子叉了一樣東西，它看起來有點像黑麵包。被狗咬的年輕人重複一遍他的動作，教授的眼睛頓時像雪花般亮了起來。

「這滋味不好嗎？」教授嘴巴嚼著食物，一邊問年輕的醫生，「這滋味不好嗎？請您回答我，親愛的醫生！」

「那是沒法比較的美味。」醫生真誠地回答他的問題。

「我也正想這麼說。您得記住這點，依凡．阿諾勒多維奇，會喝伏特加配冷盤與熱湯的，只有沒

1 波斯女神，她建造傳說中世界七大奇景的「空中花園」。

被布爾什維克[2]殺死的土地主。任何一個有點品味的人都會吃熱的前餐，所有莫斯科熱騰騰的前餐裡，這道是最好的美食，以前斯拉夫市場做這道前餐做得再好不過了。這裡！拿去吧！」

「要是您在飯廳裡將這道菜餵給這條狗吃，」一個女人的聲音這麼說，「以後就算拿白麵包都沒辦法引走這個畜生了。」

「沒有關係。這可憐的傢伙已經快餓死了。」教授用叉子給狗一口食物，狗兒像魔術師般靈巧地叼了去。教授隨手把叉子丟到洗碗槽裡。

接著端上的盤子裡冒著騰騰熱氣，散發出蝦子的味道。狗兒坐在桌巾的陰影下，彷彿是看守火藥庫的哨兵。教授把漿硬的餐巾尾巴紮在領口裡，深有體會地說：

「依凡．阿諾勒多維奇，吃飯是很繁複的事，人們一定得了解它的意義。您想像一下，大部分的人根本就不知道什麼是『吃飯』。人們不只應該了解自己吃什麼東西，同時還得搞清楚，什麼時候吃飯與怎麼吃飯。」教授搖晃著自己的湯匙，他的舉動似乎隱含了許多的意思。「還得知道吃飯時該說什麼話題。好！如果您有為您的腸胃著想的話，我可以給您一些很好的建議：在餐桌前面，一定不可以談論任何有關布爾什維克黨與醫學的話題。還有，上帝保祐，在吃飯的時候，您絕對不要看蘇維埃的報紙。」

「嗯……但是這樣子就沒有其他的報紙可以看了。」

「那您就不要看報紙嘛。您要知道，在醫院裡頭，我曾經觀察過三十件病例。您相信嗎？不看報紙的病人，身體好得不得了，而那些被我強迫看《真理報》的病人的體重卻減輕了。」

「嗯！」年輕醫生很有興趣地聽著，熱湯與伏特加不斷加溫臉上的血紅素。

「而且，他們的膝蓋反應會變差，食慾則差得沒有藥救。最後，心理狀況也逐漸地頹喪。」

「竟然會這樣子。」

「是的！喔！看我在幹什麼呢？我自己竟然會在這個時候談論醫學。我們還是乖乖吃飯吧！」

教授仰身按了一下電鈴，在外頭櫻紅色通道的入口，金娜的身影出現了。她賞給狗兒一條魚，一條厚厚的白色鱘魚，然而牠一點都不喜歡這道佳餚。隨後，女助手奉送一片還在滴血的烤牛肉。當牠吞進這些食物之後，突然發現自己非常的疲倦，不想再看到任何食物。牠在心裡頭想著，「這是多麼奇怪的感覺啊！」沉重的眼皮逐漸往下閉合，「我的眼睛不想再看到任何的食物了。不過，飯後抽根香煙倒是很愚蠢的行為。」

在飯廳裡，瀰漫一股雪茄形成的藍色煙霧，味道讓人覺得很不舒服。狗兒正在打瞌睡，牠的頭顱擱在兩隻前爪上。

「聖·朱利安是種純正的紅酒。」在睡夢中，牠聽到這些話。「可是人們卻沒辦法弄到手。」

從房屋的屋頂、四周的牆板，傳來了被天花板與鑲木地板壓低了音量的聖詩歌聲。

教授按了一下鈴，金娜出現了。

「金娜！這是什麼意思？」

「樓上的會員大會又開始了，費立普·費立普波威奇！」她這麼回答他的問題。

「又來了！」教授悲傷地叫嚷。「悲劇終於開始了，卡拉布契公寓已經淪陷了。所有人都必須逃離這裡，但誰知道我們究竟可以逃到什麼地方去呢？往後一定會這樣：首先，每天傍晚先來一段歌唱，然後，廁所裡的管線會都凍成冰棍，最後，鍋爐房的鍋爐破了。不幸的事件會不斷發生，我們的公寓快完蛋了！」

「教授急死了。」金娜微笑地做了註解，接著把一堆盤子端出去。

「為什麼不急？」教授大聲咆哮。「過去這間公寓難道曾發生這種事情嗎？您知道事情到底有多嚴重嗎？」

「您把事情看得太悲觀了，費立普·費立普波威奇！」那個被狗咬的年輕人反駁他的說法。「他們現在已經改變很多了。」

「我的朋友，您應該了解我吧！不是嗎？我是個捍衛事實與擅於觀察的人，也反對一切沒有根據的胡言亂語。在俄羅斯，所有的人都可以認清楚這個事實，甚至在全歐洲也一樣。當我描述真相的時候，事實一定是我的基礎，這樣我才能根據事實下結論。在這裡，你眼前的東西就是事實：我們公寓裡頭的衣架跟套鞋架。」

「很有意思！」

「套鞋？那算啥東西。它不會讓我們變得更幸福，」這條狗這麼想。「但先生真是個人物。」

「您看看我們的套鞋架子！從一九〇三年開始，我就住在這棟公寓裡頭，直到一九一七年四月，從來都沒有發生過任何反常的事情——我可以用紅筆劃線來強調，一次都沒有。在我們公寓的走道上，沒有一雙鞋會突然消失不見，就算門沒有關，也不會發生偷竊的情形。您可以想像一下，我們這兒有十二戶人家，而且我還有病人在這裡進進出出。一九一七年的四月，那天的天氣還不錯，所有的套鞋竟然都不見了，還有三根手杖、看門人的一件大衣跟燒茶的茶壺，這當中包括我的兩雙套鞋。此外，連同套鞋架子也沒有了。

我的朋友，至於暖氣就更不用說了！既然已經完成社會革命，我們就不需要燒暖氣了。但是我想問，為什麼一鬧起革命來，大家就得穿著骯髒的套鞋和氈鞋，踩在大理石的地板上頭？為什麼套鞋只能被放在上鎖的櫃子裡頭？難道我們一定要花錢請一位士兵來看守，套鞋才不會失竊嗎？為什麼樓梯前面的地毯會不見呢？是不是卡爾·馬克思也覺得，樓梯前面禁止放地毯呢？難道卡爾·馬克思認為，我們應該用木頭把派爾茲特斯恩卡大街上的卡拉布契公寓大門封死，然後繞過房屋的周圍，再從屋子的後院走進來？誰會去做這樣的蠢事？為什麼無產階級不會脫掉自己的套鞋放在樓底下，非得要弄髒地板上的大理石呢？」

「他們並沒有套鞋啊！費立普．費立普波威奇！」年輕的醫生想提出不同的見解。

「那是錯誤的！」教授回答的聲音像轟雷一樣宏亮。他為自己又倒了一杯紅酒。「嗯……吃飯後，我反對喝有甜味的烈酒，因為這會讓人產生飽脹感，對肝臟功能也不好……這樣的說法是不正確的，無產階級有一雙套鞋，那還是我的套鞋！那一雙就是在一九一七年四月十三日失蹤的套鞋。我們的問題只在於：什麼人偷這雙套鞋？我嗎？這是不可能的。那個資本家布爾緒．薩布林嗎？」教授指著天花板。

「可笑的想法！還是那個製糖工廠的老闆伯羅索呢？」教授的手指指著旁邊。「是那些唱歌的人做的嗎？是的，就是他們。至少，請他們在樓梯上把套鞋脫了。」教授的臉色愈來愈紅了。「他媽的！為什麼把樓梯口的花朵拔掉呢？為什麼電燈現在會每個月壞一次？而過去二十年來，它只壞過兩次。博爾緬塔爾醫生，統計數字是種非常厲害的東西！您讀過我最近的論文，應當比任何人都清楚這一點。」

「一團亂！費立普．費立普波威奇！」

「不對！」教授用反常卻篤定的口氣駁斥他的描述。「不對！親愛的博爾緬塔爾醫生，您必須放棄使用這個字。這是種假象、煙幕彈跟幻覺。」教授拉開自己小小的手指，它的影子好像拖著身體，在餐巾上爬行的烏龜。「您說的一團亂代表什麼意思呢？一位拿著拐杖的老太婆？一個巫婆？她敲碎所有的玻璃、破壞所有的燈具？這個巫婆根本不存在！您到底懂不懂這句話是什麼意思呢？」他氣沖沖地對著倒掛在餐櫥旁的硬紙鴨子發問，隨即自己做了回答：「博爾緬塔爾醫生，我想這麼告訴您，假如我不再手術了，相反地，每一天傍晚，我在自己的公寓舉行聖詩班活動的話，那麼在我的身上就會出現一團亂的現象。如果我想上廁所，卻在洗手槽小便──請原諒我的用語。然後金娜和達里亞·佩特羅娃娜也學我這樣做的話，我們的廁所就會一團亂。因此混亂的並不是在廁所，是在人的腦子裡。所以，當這些笨蛋大叫『恢復秩序』的時候，我只能大笑。」教授的臉完全變形地扭在一起，嚇得醫生的嘴巴張得大大的。

「我敢對您發誓，我真的只能大笑。這表示這些人應該敲自己的後腦勺，什麼時候他們把各種幻想趕出去，開始打掃自己的窩，盡自己的本分，一團亂的現象才會自動消失。正常的人類不可能同時服侍兩個神明。若是有人想一邊打掃電車軌道上的垃圾，又想幫西班牙飢餓的人們對抗殘酷命運的話，那是完全不可能的事情。醫生，世界上沒有任何一個人可以辦得到這一件事，更不用說那些傢伙！他們落後歐洲文明兩百年，甚至，到今天為止，還不會正確地扣好自己褲子的鈕釦。」教授愈說愈激動，鷹鉤鼻的兩翼活像噴著熱氣的火山口。在享受美味的餐點之後，他的體力恢復了。這時候他的神采像古代的先知，頭上的白髮散射無數的銀色光芒。

教授的話重擊沉睡的狗兒，像重重的土石一樣。在沙里克的睡夢中，牠看見一隻貓頭鷹，這隻禽獸有一雙討厭的黃色眼睛；緊接著，一張躲藏在骯髒白色帽子下的廚師臉孔出現了。再過一會兒，卻是教授的山羊鬍，在燈光的照耀下，他的樣子顯得更瀟灑了。不久之後，教授的身影消失了，出現的是一架吱吱叫著的雪橇。而在狗的肚子裡，那塊咬碎的烤牛肉正在胃液裡浮動，慢慢地消化。

在夢境裡，沙里克這麼想著：「事實上，他大可當一個演說家，包管賺錢。他是第一流的演說家。不過，看樣子他的錢似乎多得花不完。」

「一個警衛！」教授大聲叫嚷。「一個警衛！」在狗兒的腦子裡，宏亮的號角找到了落腳的地方。嗚！嗚！嗚……

「一個警衛！這是世界上能夠解決這個問題的唯一辦法！不管他身上戴著鐵牌或是紅色的頭巾。在每一人的旁邊都應該站一個警衛，那樣，他就可以阻止我們的人民用歌聲來進行暴動。現在您會有一團亂這樣的說法，我告訴您，醫生，在我們的公寓或他人的公寓裡，如果這些演唱家沒有辦法安靜下來的話，沒有任何的改變可以改進我們的生活，直到他們的演唱會停止以後，我們的生活才有可能好轉。」

「您的言論是反革命的言論，費立普・費立普波威奇！」年輕醫生下了玩笑性的註解。「希望上天保祐，沒有人聽到您說的話。」

「沒有任何的危險！」教授憤恨地辯駁。「沒有反革命！我沒辦法忍受這個字的存在，這個字背後有什麼意義？我沒有一點概念。只有惡魔才會知道這些。我可以告訴您，在我的字典裡面，沒有反革命這個字。我的話是常識與生活經驗。」

教授拿掉領口上的餐巾，把它捏成一團，放在半杯紅酒旁邊。年輕醫生這時也站了起來，感謝教授的招待。

「等一下！醫生！」教授把他拉過來，從口袋裡拿出一個信封，他數著一張張發亮的鈔票，眼睛瞇成了一條線，最後，把信封交給醫生。教授這麼說：「今天您賺了四十盧布。依凡・阿諾勒多維奇，請收下。」

年輕人很有禮貌地表示謝意，紅著臉把錢放進上衣的口袋。

「今天晚上您還需要我嗎？費立普・費立普波威奇！」

「噢，不了，謝謝您，我的朋友。今天我們沒有工作了。第一點，兔子已經死了。第二點，今天大劇院上演《阿依達》。我已經好久沒聽這齣歌劇了，我非常喜歡這齣劇。您還記得嗎？這首調子……Ta-di-da-da。」

「您怎麼有辦法同時完成所有的事呢？費立普．費立普波威奇！」醫生尊敬地提出自己的問題。

「只要不要太急的話，每個人都可以完成所有的事情。」屋子的主人用教訓的口吻侃侃而談，「當然，假如我不停地參加不同的會議，還像貓頭鷹一樣整天唱歌，卻不去做自己應該完成的工作，我是什麼事都沒辦法完成的。」他用手指摸一下口袋裡的懷錶，它彈奏出像天籟般悅耳的聲音。「剛好過了八點，我正好可以趕上第二幕！我是絕對贊成分工的人：大劇院的演員們應該在劇院裡唱歌，而我應該正常地開刀。這樣才是對的，這樣就不會一團亂。所以，依凡．阿諾勒多維奇，還請您留意，只要找到合適的死人，立刻抬上手術桌，把東西取下，放入培養液，立刻來找我。」

「不用擔心，費立普．費立普波威奇，醫院的病理學解剖醫生已經對我保證過了。」

「好極了！這樣我們就可以暫時觀察與照顧這隻神經質的狗。首先要醫好牠燒傷的部位。」

「他關心我，」這條狗這麼想，「他是個好人，我知道。他究竟是什麼人呢？在狗兒的童話世界，他是偉大的魔術師與法師。這一切都是夢境的幻影嗎？我真的沒有辦法相信。或許，這的確是真實的（在睡夢中，牠的身體感動地抖動）？當我醒來的那一刻……所有的一切會不會完全消失呢？沒有那一盞有絲巾燈罩的照明燈、溫暖的和風，沒有飽飽的肚子，只有那個門洞、刺骨的寒風、街道上冰冷的石磚、飢餓、邪惡的人類……伙食堂、大風雪……我的天呀！我還要受多少苦啊！」

第4卷

沙里克的焦慮沒有變成事實，那個門洞彷彿只是一場惡夢，沒有再出現。

雖然公寓是一團亂，可是似乎沒有那麼糟糕。儘管是一團亂，每天窗台下的黑褐色風爐仍會加熱兩次，溫和的暖氣會穿遍整個公寓。

這是完全清楚的事實：流浪狗抽到一張狗的上上籤。在白天的時候，牠的眼眶裡至少會爆流兩次感恩的淚水，感謝的對象則是這一位住在派爾茲特斯恩卡大街的先知。此外，前廳和候診室櫃子間的所有大鏡子都照出這條成功的、美麗的狗。

「我是美麗的！也許我是條不知名的狗王子。」沙里克這麼想，同時仔細地欣賞鏡子裡一條褐色的長毛狗，牠的嘴角不禁流露出心中的滿足。這一刻，牠正在鏡子前面漫步。「不知道在什麼地方，我的祖母可能曾經和新品種的貴族有過一夜情。在我頭部的上頭有顆白點，這顆白點到底從哪兒來的呢？教授有很好的品味，不然，絕對不會隨便把一條流浪狗帶回家。」

在這個禮拜內，狗兒的肚子塞進了許多的食物，這些狗食等於過去幾個月街頭乞食的所有食物。教授家的食物品質根本無需多說，那是不容爭辯的事實。每一天，達里亞．佩特羅娃娜會到市場去，用十八盧布購買一堆碎肉，晚上七點的晚餐就更不用說了。雖然優雅的金娜抗拒，但是沙里克仍然可以加入用餐的行列。在晚餐時間，教授最終得到上帝的封號，狗兒經常後腳直立，奉承地咬著他的上衣。這段期間，牠已經認得教授按鈴的聲音：鈴聲是兩次完全的長音，那是沒有餘音與絕對威權的鈴聲。沙里克會汪汪地吠叫，跑到前廳，歡迎他的歸來。當先生踏進屋子時，黑褐色的狐皮大衣上頭，千百萬的雪花像天上的星星一樣閃閃發亮；渾身上下都發出像橘子、雪茄、香水、檸檬、汽油、古龍水與毛料的味道。他的聲音聽起來像總司令的號角，宏亮地貫穿整棟公寓。

「為什麼你要撕碎貓頭鷹呢？我想知道，牠到底什麼地方犯著你了？你為什麼攻擊梅奇尼可夫教授的石膏像？」

「費立普．費立普波威奇，您必須讓牠嚐嚐鞭子的滋味，至少一次也好。」金娜憤怒地說。「否則，牠就沒有辦法管了。您自己看看，牠到底把您的套鞋搞成什麼樣子了！」

「我們不應該毆打任何一個人。」教授激動地說。「從今天起，妳得注意這一點。只有用勸說的方法，才有辦法影響一個人或一隻動物。今天妳是不是已經給牠肉吃了？」

「我的天啊！牠已經快吃垮我們了！費立普．費立普波威奇，您怎麼可以這樣問我呢？我還很好奇，為什麼牠的胃腸不會被撐壞？」

「讓牠吃吧……。這隻貓頭鷹到底招惹你什麼地方呢？你這個流氓。」

「嗚！嗚！嗚！」這條狗低聲呻吟，用自己的肚皮在地上爬。

一聲如轟雷的響聲，有人抓起沙里克的脖子，牠被拖著經過候診室，然後進入診療室。狗兒哀聲哭泣，不停地在地上打滾，抓住地毯不肯走，最後，像表演馬戲一樣，沙里克用屁股賴坐在地上。在診療室的地板上，躺著一隻有對玻璃眼睛、肚皮剖開的貓頭鷹；在肚子的上頭露出紅布，一股樟腦味撲鼻而來。桌上則滿是打碎的石膏碎片。

「我決定不去收拾這些慘狀，好讓您可以親自看看這畜生幹的好事。」金娜氣極敗壞地向教授報告。「這個混蛋跳到桌子上，牠抓住貓頭鷹的尾巴，在我還來不及看清楚之前，這隻可憐的標本已經被撕毀了。費立普．費立普波威奇，您應該拿牠的狗嘴往貓頭鷹上狠狠地按幾下，這樣牠才會曉得，弄壞東西該怎麼辦。」

突然間，傳來一陣哀號的慘叫聲。雖然這條狗緊緊趴在地毯上，牠還是被拖到貓頭鷹那邊受罰。悲泣的淚水像瀑布一樣流瀉下來，沙里克暗地裡這麼想：「好好地揍我一頓吧！可千萬不要把我趕出這一棟公寓啊！」

「貓頭鷹拿去修理好。還有一件事情，這裡有八盧布，妳搭電車到米爾百貨公司，用六十戈比幫牠買一條好的狗鏈。」

幾天以後，一條亮晶晶的銀色鏈子套在狗的脖子上。當牠在鏡子前看到自己的瞬間，牠非常傷心，夾著尾巴走到浴室裡，想用箱子或櫃子掙開狗鏈。然而不需要太久的時間，牠已經認清自己的作為是愚蠢的嘗試。金娜拉著脖子上的狗鏈，帶牠走到歐布綢巷口散步，狗兒走路的模樣活像一個囚犯，牠心裡面充滿羞愧的怒火。但當他們經過派爾茲特斯恩卡大街，走到基督教教堂的那一刻，牠終於真正了解，在生命中，狗鏈到底代表什麼意思。在狗兄狗弟們的眼裡，羨慕的眼神像火花一樣熱灼。在米歐特維巷口那地方，一條斷了尾巴的家犬對沙里克吠叫，罵牠是「有錢人的走狗」與「奴隸」。他們跨過電車道時，一位民警用尊敬與欣賞的目光，對這條狗鏈投射堅定的關愛。而他們回到家裡的時候，竟然發生了過去未曾有過的現象：守門的安全人員費尤多自動地打開門，讓沙里克進來，還提醒金娜：

「嗨，費立普．費立普波威奇把狗養得多麼好啊！多麼的肥啊！」

「牠每一頓大概吃掉六人份的食糧。」金娜解釋說，美麗的臉頰被雪霜凍成紅紅的。

「看來狗鏈跟代表身分的公事包沒有什麼不同。」狗暗暗思量，牠擺動自己的下半身，搖擺得走進費立普．費立普波威奇的公寓，像一位有精緻品味的紳士。

∴

悟出項圈的不菲價值之後，沙里克首次拜訪天堂世界中最宏偉的宮殿。對狗兒來說，過去這裡有絕對的門禁，牠絕對不能進去。這個地方就是女廚師達里亞．佩特羅娃娜燒飯的廚房。整棟公寓的價值都比不上達里亞．佩特羅娃娜的神殿，這座神殿有兩公尺寬，整天她都得待在爐灶旁邊，喘著大氣舞弄爐灶竄出的火舌，讓白色的盤子與黑色的鍋子發出交戰的響聲。烤爐的內管活像是不停歐敲打耳膜的鼓棒，劈啪作響著。

在爐灶火紅的斑點裡，燃燒著永恆之火與達里亞·佩特羅娃娜永無止息的熱情。她那在烈火照耀下的臉龐是圓潤與肥胖的，她有著相當流行的髮型——頭髮蓋住耳朵，在後腦勺的地方有金髮編製出來的髮髻，髮髻的四周還鋪滿二十四顆閃亮的假鑽。廚房牆壁的吊鉤上吊了一個黃金色的鍋子。整間廚房瀰漫美食拌炒的香氣，在封蓋的鍋碗裡，沸騰的食物發出隆隆的響聲。

「滾出去！」達里亞·佩特羅娃娜大聲怒吼，「滾出去！你這個無賴、無恥的小偷，竟然跑到這裡來了。好吧！我讓你嚐一嚐火鉗的滋味。」

「妳怎麼了？為什麼會這樣吼叫呢？」狗諂媚地瞇了瞇眼睛。「我怎麼會是個小偷呢？難道妳沒有看到我的項圈嗎？」狗用牠的狗嘴撐開門縫，把門推開後走掉了。

狗兒沙里克有一個祕密般的天賦——牠可以像擄獲情人的心一樣取得別人的好感。兩天以後，牠已經躺在煤筐邊上，看著達里亞·佩特羅娃娜在一旁工作：她正用一把尖銳而且狹長的刀，支解一隻無助的榛雞的頭與筋骨。她用鋒利的刀，一下子就把骨頭上的肉刮乾淨，一手掏出雞的內臟，又把什麼東西放進絞肉機絞了絞。此刻，沙里克的嘴裡正咬著爽脆的雞頭。達里亞·佩特羅娃娜從盛牛奶的碗裡撈出泡軟的麵包，把它和雞肉混在一起，再把煉乳倒進去，並把鹽巴撒在上面，最後揉成肉丸。

這時爐灶上的響聲好像火焰在交配，鍋子不時傳出急促的喘息聲，上頭熱騰騰的奶油則變成泡沫，彈跳上來。爐子的門栓刷的一聲彈開，露出熊熊的地獄之火，邪惡的火苗不停地嘶喊與叫囂。

傍晚，爐灶的火舌已經熄滅了。廚房窗戶的白色窗簾上頭是晦暗的夜色，派爾茲特斯恩卡大街社區的夜晚是如此的美麗，夜空中只有一顆閃亮的孤星。廚房的地板是潮濕的，牆上金色爐子映射溫柔與神祕的月光。桌子上有一頂救火員的帽子。

沙里克躺在溫暖的爐灶上，像頭慵懶睡獅躺在通往天門的入口。突然，牠敏銳的耳朵豎了起來，兩眼好奇地看著，後面半開的門中，出現一個有黑色落腮鬍、繫著寬皮帶的男子，他走進金娜與達里亞．佩特羅娃娜的房間，擁抱達里亞——他的熱情不斷地沸騰，他有很寬闊的臂膀。除了蒼白的鼻子以外，達里亞的臉上露出痛苦的表情與激情。一道月光折射到落腮鬍的男子的臉上，他衣服上垂著一朵復活節的玫瑰花。

「像惡魔一樣的纏上了。」在黑暗裡頭，她喃喃地說。「放開我！金娜就快回來了。你怎麼了？難不成也做了回春手術嗎？」

「回春手術對我們來說是多餘的。」男人的回答夾帶著火熱的激情，已經沒辦法壓抑了。「您簡直像一團火。」

在黑色的窗簾背後，派爾茲特斯恩卡大街上空閃爍的星星消失了。如果歌劇院沒有《阿依達》的戲目，全俄羅斯外科醫生學會沒有安排任何會議的話，那麼上帝就會出現在診療室的沙發上。天花板的電燈這時是關上的，整間房間裡只亮著桌上的綠色檯燈。沙里克坐在地毯上的陰影角落，眼睜睜地觀察可怕的實驗。在玻璃器皿裡，人的大腦浮游在噁心與混濁的黑色液體中。上帝的袖子捲到手肘，他戴著棕紅色橡皮手套，用滑膩而又遲鈍的手指，不停地在腦回間蠕動，有時用閃亮的手術刀，小心翼翼、一刀一刀地切割那塊黃色的大腦。

「朝向尼羅河的神聖河岸！」上帝愉快地哼著歌，一面咬著嘴唇，心裡面還一邊遙想歌劇院的黃色大廳。在這個時刻，暖氣的溫度已經高到讓人無法忍受的程度，高熱的溫度衝上天花板，而且擴散到整間房間。在狗兒的毛皮裡，未被教授梳掉，註定滅亡的最後一隻跳蚤，又重新活躍起來。地毯降低了所有的聲響，遠方傳來關上大門的響聲。

「金娜去看電影了，」這條狗這麼想。「等她回來以後，我們就可以吃宵夜了。我相信，今天的菜單是小牛排。」

∴

這會是驚悚的一天。在早晨的時分，沙里克便有了可怕的預感。牠感到一陣苦悶，連早餐——那是半碗的穀類與昨天剩下的羊腿，都讓牠食之無味。牠悶悶不樂地走進候診室，對鏡子中自己的影像輕聲吠叫。但是，當下午金娜帶牠到外頭散步回來以後，這天過得像往常一樣，並沒有什麼異樣。星期二本來就不是門診的時間，所以沒有人看診。上帝待在診療室，翻閱書桌上一本厚重、有彩頁的書本。人們正等待著吃飯，這條狗想到今天要吃的食物：依照牠在廚房得到的訊息，主餐應該是火雞，心情便好了許多。可是當牠經過走廊，聽到教授房間裡電話的響聲，這通預期外的電話鈴聲讓人感到不舒服。教授拿起電話筒，聽了一會，他的情緒一下子變得非常激動。

「好極了！」他的聲音異常響亮。「立刻把它帶到這兒來，不要拖延！」

他變得很急躁，命令剛進來的金娜立刻開飯。「開飯！開飯！開飯！」在飯廳裡，碗碟吱吱作響，金娜急忙地來回走動；廚房也傳出來達里亞．佩特羅娃娜手忙腳亂的吵雜聲。火雞還沒好呢！這條狗又再次感受到惶恐。

「我不喜歡公寓裡亂哄哄的樣子。」牠這麼想。

牠才剛這麼想，屋裡更亂了。這得怪先前被狗嘴咬的博爾緬塔爾醫生再度出現，他隨身帶了一個箱子，進門後甚至沒有脫大衣，就拎著它經過走廊，進入檢驗室。教授立刻放下他的咖啡——這是過去不曾發生的景象；他還主動走向博爾緬塔爾醫生——這也是過去未曾發生的事情。

「什麼時候死的？」他大聲問。

「三個小時前。」博爾緬塔爾醫生回答，他並沒有脫下頭上沾滿雪花的帽子，就打開了皮箱。

「到底誰死了？」沙里克狐疑地猜測，在這些男人的腳跟前來回遊蕩。「真不喜歡他們這樣轉來轉去，鬧哄哄的。」

「走開！別在我的腳下亂轉！快點，快點，快點！」教授的吼聲震動四面的牆壁。狗兒似乎聽見所有的鈴聲同時響了起來。

金娜跑步過來。

「金娜！達里亞．佩特羅娃娜待在電話旁邊，回絕所有的電話，有事記下來！我需要妳的幫忙。博爾緬塔爾醫生，我拜託您！快一點！快一點！快一點！」

「我一點都不喜歡這個樣子。」沙里克覺得有種被侮辱的感覺。牠埋怨地在公寓裡溜達。所有的人都集中在檢驗室——金娜第一次穿上工作服，它看起來像是殮衣；美麗的金娜不時地往返檢驗室與廚房之間。

「我是不是應該去吃點東西呢？這些人真是王八蛋！」沙里克才剛決定了，沒想到竟遇到意料之外的事。

「沙里克不能吃東西！」檢驗室傳出總司令下達的命令，像震耳的雷聲。

「我沒有辦法看住牠。」

「把牠關起來！」

沙里克被騙進浴室，關了起來。

「這些壞心腸的傢伙！」在漆黑的浴室裡，沙里克只能這麼想。「真的很荒唐。」

在這黑暗的牢獄裡待了大約十五分鐘，狗兒的精神狀態變得奇怪：一部分的感覺是憤怒，其他一部分卻是挫敗的沮喪。所有的事情是那麼的無聊，無法想像……。

「好吧！明天您就看看套鞋的下場，親愛的費立普・費立普波威奇，雖然您已經買了兩雙套鞋，您必須再買一雙了，這樣，以後您才不會再把狗兒們關起來！」狗兒暗忖。

不過，憤怒的情緒突然被打斷了，因為年輕的歲月竄進牠的回憶——派爾茲特斯恩卡大街上的巨大後花園、空酒瓶裡反射的太陽碎片、屋頂上破碎的磚瓦與四處流浪的喪家犬。

「不對！不管怎樣的自由都不會讓你想離開這兒，幹嘛撒謊呢！」狗陰鬱地想，牠的鼻子呼呼地響著。「我已經習慣這樣的生活方式了。我是貴族家的狗，一個有教養的生物。我已經認識什麼才是好的生活。再說，什麼是自由呢？這只是虛幻的煙霧，欺騙的假象與蒙蔽事實的幻想——那是從可憐的民主人士的腦袋燃燒出來的幻覺。」

在浴室裡沒有一點光線的漆黑中，牠開始感受到恐懼的襲擊。牠哭嚎，同時撞擊門板，不斷地用爪子猛抓。

「嗚！嗚！嗚！」牠的淚水像酒桶滲出的液體一樣，溢流到公寓的每一個角落。

「我會再一次扒開貓頭鷹的腸肚。」牠生氣又無力地想著。後來，牠累了，就睡著了。當狗兒再度清醒時，皮膚上的毛都豎了起來。牠相信，在浴室裡，自己看到一隻恐怖與醜陋的餓狼。

當牠的恐懼衝上最頂層的腦細胞時，門被打開了。這條狗走出浴室，故意搖擺自己的身體，想生氣地走進廚房，可是金娜卻用力地拉著狗鏈，把牠拖進檢驗室，一陣寒流突然侵襲沙里克還有些溫熱的心臟。

「他們到底想對我幹嘛？」牠懷疑地想。「我受傷的部位已經醫治好了。我完全不懂。」

狗挺著四肢在滑溜的鑲木地板被硬拽進檢驗室裡。亮晃晃的電燈把牠驚呆了，牠從沒見過這麼強烈的燈光。天花板上一盞圓燈亮得刺眼，在白色光束的照耀下，手術台前站著執行手術的祭司，哼唱著關於尼羅河神聖河岸的歌。一道很微弱的氣味讓這條狗認清楚一件事實：這個人就是教授。在白色帽子的掩蓋下，原來削短的頭髮頓時不見了，這一頂帽子讓人不禁聯想到神父的小帽子。祭司穿了一件白色衣服，衣服外面套著橡皮圍身，很像神父胸前所穿的繡有十字架的長巾一樣。手上還戴著一雙黑色手套。

被咬傷的年輕醫生也戴了一頂白色的帽子。折疊式的長桌子被架開，在旁邊還有一張四方形的桌子，它的金屬桌腳發出銳利的亮光。

沙里克最痛恨的人是那個年輕醫生，特別是他現在的眼神。以前他的眼睛都是冷靜與正直的，但是今天卻不斷地躲避沙里克的雙眼，露出緊張與虛假的神色，眼睛深處隱藏了一些不好的、骯髒的動機。這條狗對他投報沉重與晦暗的目光，徑直走到角落裡了。

「摘掉狗鏈！金娜！」教授說話的聲音只有平常的一半響亮。「小心不要刺激牠。」

和年輕醫生一樣，金娜立刻有了邪惡的眼神，她走向沙里克，用虛情假意的態度撫摸牠，牠則用悲傷與鄙視的眼神盯著她看。

「那……你們三個人，只要你們願意，就把項圈拿走吧！你們會為自己的行為感到羞恥的。我真的很想知道，你們對我到底有什麼打算。」

她把狗鏈解開，狗兒搖晃著頭，憤怒地吠叫。年輕醫生像從地底鑽出來似的站在牠的眼前，一股麻醉藥的噁心氣味撲向沙里克。

「哎呀！好難聞呦……到底是什麼東西讓我感到焦慮與心慌？」喪家犬這麼想，朝後退了幾步避開了他。

「快點！醫生！」教授沒有耐心地說。

一股甜甜的味道突然瀰漫在空中。被咬的年輕醫生兩眼警覺又陰險地盯著狗，突然用手抓住狗的後背，用一條濕的棉布蒙上牠的鼻子。沙里克嚇了一跳，牠的腦子開始暈眩，不過還是及時往後跳開了。年輕醫生趕緊上前抓住牠，把整個棉布套上牠的鼻子。沙里克的呼吸系統完全失靈了，但牠再次掙開醫生的束縛。「壞蛋……」這個念頭在腦子裡轉了一下。「這是幹什麼？」牠的臉又被棉布捂住了。一瞬間，在檢驗室的中央出現一泓湖泊，湖中泛著一條小舟，上面坐著一些來自陰間的狗兒，牠們有粉紅色的膚色，那是人類從來沒有見過的。這一刻，沙里克的大腿裡彷彿已經沒有骨頭了，彎了下去。

「抬到手術台上！」從不知名的方向傳來教授的命令，像轟雷一樣響亮，這些話語一下子就在橙黃色的浪潮中消失了。恐懼慢慢消退，喜悅漸漸取代了厭惡。大概有兩秒鐘的時間，逐漸失去知覺的沙里克開始覺得被牠咬過的年輕人其實還挺可愛的。接著整個世界竟然從最底層翻到最上層。在自己的肚皮上，牠感覺到一隻冰冷卻舒服的手的動作，再後來便什麼也不知道了。

∴

在狹小的手術桌上，沙里克伸開身體躺著，牠的頭則無助地貼住白色的枕頭，那是用漆布製成的枕頭。牠肚子的毛已經被理光了。博爾緬塔爾醫生正賣力地呼吸，用機器理光狗頭部的皮毛。教授的兩隻手臂按住桌子，戴著閃亮的金邊眼鏡觀察整個過程，激動地說：

「依凡．阿諾勒多維奇！在我要切進蝶骨的時候，那是最重要的關鍵時刻，請您先給我腦下垂體，然後立刻縫合，如果這一刻發生出血現象，我們不但會失去時間，也會失去這一條狗。不過，反正牠也已經活不成了。」教授停止說話，他瞇起眼睛，縫隙間的目光投向沙里克：狗的眼睛已經瞇成一線——眼珠裡只有憤怒的嘲笑。教授補充說道：「您知道嗎？我為牠感到很難過。您可以理解，我已經習慣牠的存在了。」

他舉起雙手，好像正想為沙里克的義舉獻上最高的敬意。他盡量小心翼翼，不讓任何塵埃掉落在他那塊黑色的橡皮手套上。

在狗兒被剃光的皮膚上，亮光不斷地閃爍。博爾緬塔爾醫生把機器丟在一旁，掄起一把剃刀，擱在狗兒無助的腦袋瓜子上，塗上肥皂，用剃刀剃了起來。剃刀發出令人驚悚的聲響，有些地方濺出了狗血。他剃光沙里克的頭後，就用浸過汽油的棉布擦了擦狗頭，之後他拉開狗的後爪，擦乾淨狗兒光禿禿的肚子，喘氣地說：「好了！」

金娜轉開水龍頭，博爾緬塔爾醫生快速地洗淨雙手。金娜還拿出一瓶酒精，倒在他的手上。

「我可以走了嗎？費立普．費立普波威奇！」她這麼問，眼角恐懼的餘光邊斜視著那顆被剃光的狗頭。

「走吧！」

金娜消失了，博爾緬塔爾醫生繼續急忙地進行手術。他用一條質輕的紗布，包裹沙里克的狗頭。在枕頭上，出現了一顆從沒見過的狗禿頭，嘴角上還有鬍鬚的怪異狗臉。

祭司開始行動了。他挺直身子，憐憫地看著狗，說：

「現在，我的上帝，祝福牠吧！刀子！」從桌子上一堆閃亮的工具裡，博爾緬塔爾醫生掏出一支小彎刀，把它交給祭司，並且套上同樣的黑色手套。

「牠睡著了嗎？」教授問。

「是的！牠睡得很熟。」

教授的牙齒緊緊地咬合在一起，兩眼射出銳利的光芒。他用這把刀子，在沙里克的肚子上劃了一道筆直的長線，皮膚的表皮立即裂開，野獸的血噴向各個方向，博爾緬塔爾醫生趕緊走向前，用一團紗布壓住劃開的傷口，再用鉗子鉗住傷口邊緣，就像老虎鉗夾住桌邊一樣，這樣一來，血液便慢慢凝固了。在博爾緬塔爾醫生的額頭上，滲出一顆顆如圓滾滾珍珠般的汗珠。教授再劃下第二刀，操弄著鉤子、鉗子與剪刀，把狗的肚子打開，粉紅色與黃色的內臟剎那都暴露出來。教授的刀子在狗的腹腔內劃了幾刀，他叫喊：

「剪刀！」

剪刀在年輕醫生的手掌上閃了一下，像魔術師的把戲一樣。教授在病患的腹腔深處剪了幾下，取出帶有邊緣組織的睪丸。博爾緬塔爾醫生因為操作和激動，全身的汗水像雨滴般急速掉落。他急忙衝去前面拿一個玻璃器皿，從中取出另一對濕答答、軟綿綿的睪丸。教授以及他的助手，兩雙手開始擺弄、捲曲一些短小濕潤的筋脈。夾子頻頻夾住彎針，發出金屬撞擊聲，一對異體睪丸被植入沙里克的身體裡頭。祭司抬起身體，用棉布捂住傷口，命令他的助手：

「您縫合傷口！醫生，快一點！」他的目光移到背後的白色掛鐘。

「我們花了十四分鐘。」博爾緬塔爾醫生從牙縫中擠出這幾個字來。他用彎針縫合黏稠的皮膚。兩個人像極了殺人犯，想盡快完成手上的罪孽。

「手術刀！」教授大喊。

手術刀似乎有了生命，自動跳到手心。教授的臉這時變得十分可怕，齜著白牙和金牙，並且巧妙運用手術刀，在沙里克的額頭上劃出一個紅色圓圈。醫生把頭顱的皮整個揭開，露出了顱骨。

「鑽子！」教授大吼。

博爾緬塔爾醫生把亮晶晶的鑽子交給他。教授狠狠地咬緊牙，開始運用這支工具，沿著沙里克的腦袋瓜鑽洞；大概每隔一公分就鑽一個小洞，每一個洞只花他五秒鐘的時間。然後，他用一把特殊鋸子的尖頭架在第一個洞上頭，開始鋸開頭顱，就像製作婦女的首飾盒一樣。這時候，頭骨彷彿想抗議似的不停搖晃，發出吱吱的叫聲。幾分鐘以後，沙里克的頂骨被揭掉了。

灰色的腦子露了出來，上面佈滿綠色與藍色的神經與紅色斑點。教授的剪刀深深地鑽進腦膜，把它剪開，像飛箭一樣的血柱瞬間往上衝殺，幾乎射中教授的眼珠子，紅色的噴泉還噴濕他整個帽子。如同敏捷的老虎，博爾緬塔爾醫生衝上前來，趕緊為流血的傷口止血，他的汗水像瀑布流瀉，臉部肌肉隆起，顏色不一，眼睛在教授的手掌與排放手術工具的盤子之間來回移動。教授的樣子看起來可怕極了，發出呼哧呼哧的響聲，咧開的嘴色露出牙齦來，他剝開腦膜之後，手朝顱腔深處探去，從打開的顱腔中托起圓形的腦子。

博爾緬塔爾醫生的臉色更加蒼白了，手壓住沙里克的胸部，急切地說：「脈搏急速降低。」教授像頭野獸似的盯著醫生，生氣地說了什麼，手繼續往顱腔深處探去。博爾緬塔爾醫生拿起一支針筒，當他注入藥水時，發出很大的聲音。一支強心針戳進沙里克的心臟。

「我摸到蝶骨了。」教授咬著牙說。一雙血腥、黏稠的手套從顱腔中掏出沙里克黃色的大腦。在這個節骨眼，他看了沙里克的狗嘴一眼。

博爾緬塔爾醫生打開了第二支裝滿黃色液體的針筒，它有很長的針頭。「打在心臟嗎？」他猶豫地提出問題。

「為什麼您還問這個問題？」教授不耐煩地叫嚷。「對您來說，牠早就死亡五次了。趕快打針！難不成牠還能活？」他亢奮的臉色活像打劫的強盜。

醫生拿出針筒，將針頭扎進狗的心臟部位。

「牠還活著，不過情況很危險。」他遲疑地喃喃自語。

「如今我們沒有時間討論牠是不是死了。」可怕的教授大聲喊叫。「現在，我的手在牠的蝶骨上。哎呀！牠反正會死……『朝向尼羅河的神聖河岸！』給我腦下垂體。」

博爾緬塔爾醫生給他一瓶玻璃試管，在試管的軟木塞下方，搖晃著沒有特定形狀的物體，它繫著線。教授的手俐落地從試管裡把搖晃的物體拿出來（在心裡面，博爾緬塔爾醫生這麼想：在整個歐洲，無人可以跟他比擬），另外一隻手拿著剪刀，從撐開了的兩大半大腦間深凹的深處剪下同樣一團東西。他把沙里克的腦下垂體丟在盤子裡，將新的腦下垂體和繫著的線放進兩葉大腦中間，他靈巧地用手指把線纏了幾下，綁住腦下垂體，將它固定住。像發生奇蹟一樣，他的手指變得特別的細與柔軟。他從頭顱裡拿出支撐的架子與鉗子以後，再將整個大腦放回顱腔內。最後他的身體往後傾斜，安靜地問道：

「想必牠已經死了吧？」

「牠的脈搏很細。」博爾緬塔爾醫生回答。

「注射更多的腎上腺素！」

教授迅速用腦膜包住狗腦，謹慎地合上頂骨，蓋上頭皮，大聲命令：

「縫合！」

博爾緬塔爾醫生花了五分鐘的時間，把頭蓋骨縫合好，整個過程還斷了三根針。

在血液四濺的枕頭上，是沙里克沒有血色與生命跡象的臉孔，牠的頭顱有一圈傷口。教授離開手術台，像飽餐的吸血鬼，他脫下一隻手套，手套冒著滾滾的熱氣，拉破了另外一隻手套，再將它丟在地板上。他按一下牆上的電鈴。金娜出現了，她把頭轉開，避免看見全身血淋淋的沙里克。

祭司用慘白的手脫掉頭上的帽子，命令道：

「立刻拿雪茄來！金娜，準備換洗衣服與熱水澡。」

他的下巴擱在手術台上，用兩根手指翻開沙里克右邊的眼皮，凝望著逐漸失去生命的瞳孔，這麼說道：

「渺小。見鬼！牠還沒有死……哎呀！反正得死。喂，博爾緬塔爾醫生，我真的替這一條狗感到可惜。雖然牠有點滑頭，倒挺討人喜歡的。」

第5卷

這是博爾緬塔爾醫生的日記記錄。

這一本很薄的筆記本只有信箋大小，裡面寫滿博爾緬塔爾醫生的親筆記事。在本子的前兩頁，所有的記錄是簡潔、精緻與準確的記錄，但後來的記錄卻很潦草，看起來寫的時候心情不佳，還有許多污穢的斑點。

一九二四年十二月二十二日，星期一。

病歷

實驗室的狗，大概兩歲大。

品種：雜種。

名字：沙里克。

身上的皮毛：少而雜，類似樹叢，褐色，間有斑點。

尾巴：奶黃色。身體右側，有燙傷痕跡。

教授飼養之前的狀況：營養不良。

教授飼養一個禮拜以後的狀況：非常良好。八公斤。（優良標誌。）

心臟、肺、胃腸、溫度：正常。

十二月二十三日二十點三十分。

布列奧普列斯基教授正在執行一項歐洲前所未有的手術。

在注射氯仿之後，沙里克的睪丸被切除，植入人類的睪丸與輸精管。這些器官來自剛死去的男子，手術前四小時零四分死亡。他的年紀大約二十八歲。依照布列奧普列斯基教授的要求，器官保存在無菌的生理食鹽水內。

隨後，實施顱骨鋸開手術，切除腦下垂體，並將死者的腦下垂體植進狗的腦部。

總共注射了八單位的氯仿，一針右旋樟腦與兩針腎上腺素。注射部位是心臟。

手術目的：布列奧普列斯基教授進行實驗，想利用睪丸與腦下垂體的交叉移植，來解釋下列的問題——腦下垂體是不是可以存活，同時，這項手術是否就是促進人類器官年輕化的關鍵。

F．F．布列奧普列斯基教授執行手術。助手是I．A．博爾緬塔爾醫生。

在手術後的當晚，脈搏急劇下降，病患隨時可能死亡。依照布列奧普列斯基教授的指示，使用大劑量的右旋樟腦。

---

1 原文寫右側，但實際上沙里克燙傷的地方在左側，可能是作者筆誤。

十二月二十四日。

早晨病患狀況明顯改善。呼吸加快一倍。體溫四十二度，在皮下注射嗎啡和右旋樟腦。

十二月二十五日。

病患的狀況再次惡化。幾乎測不到脈搏，身體急速的冰冷，此外，瞳孔也沒有反應。依照布列奧普列斯基教授的指示，在病患的心臟部位注射腎上腺素與右旋樟腦；靜脈注射生理食鹽水。

十二月二十六日。

有些許改善。脈搏：180。呼吸：92。體溫：41。

導管進食與注射右旋樟腦。

十二月二十七日。

脈搏：152。呼吸：50。體溫：39.8。瞳孔開始產生反應。

皮下注射右旋樟腦。

十二月二十八日。

明顯改善。中午突然大量冒汗。體溫：37。手術傷口沒有任何改變。換藥。病患開始進食，食用一些液體食物。

十二月二十九日。

額頭與軀幹的毛髮開始脫落。請教醫學院皮膚病教育研究室系主任歹瓦斯勒．瓦斯耶維奇．布恩達路，以及莫斯科獸醫學院院長，他們都認定，過去的文獻不曾描述上述病症。沒有做明確的診斷。體溫正常。

（以下為鉛筆寫成的記錄。）

晚間（兩點十五分），病患發出第一次叫聲。發現叫聲改變，音調降低。狗的吠叫不再「汪——汪」，卻是「啊——嗚」，讓人聯想到人類的呻吟聲。

十二月三十日。

出現全身脫毛現象。秤量體重的結果是不可思議的，因為骨頭的成長極快，體重有三十公斤。跟往常一樣，仍然臥床。

十二月三十一日：巨大的食量。

（在筆記本上有一團墨水痕跡，後頭的字非常潦草。）

十二點二十分。狗叫了一聲「Абыр」。（筆記本的記載突然中斷，出現因為激動所造成的錯誤。）

（十二月一日被劃掉，然後重新修正。）

一九二五年一月一日。

早上：照相。他的叫聲「Абыр」是很明確的，並不斷地重複這個字——他的重複吠叫顯然代表愉快的心情。十五點：（粗體字。）他大笑，這舉動讓女僕金娜昏倒。

傍晚的時候，他重複八次這個字「Абыр-ВАлг」、「Абыр」。

（字跡有點歪斜。）教授破解了「Абыр-ВАлг」的謎團——它代表「漁業總局」。可怕。

一月二日。

照相的時候微笑。鎂光燈。

從床上起來，大約有半個小時的時間用後腿站立。他的身高大概和我一樣高。

（筆記本裡頭夾著一張紙張。）

俄國的科學險些遭受重大打擊。

布列奧普列斯基教授的病歷。

一點十三分，布列奧普列斯基教授昏厥過去，情況很嚴重。當他跌倒在地上時，他的頭撞到椅子的腳。

使用纈草。

當時，在我和金娜的面前，這條狗（如果還可以認定他為狗的話）用很粗俗的字眼辱罵布列奧普列斯基教授。

（記錄中斷一段時期。）

一月六日。

（部分的記錄是用鉛筆書寫，部分是用紅色墨水。）

今天他的尾巴斷掉了。他非常明確地說出「啤酒店」這個字。錄音。只有鬼才知道，這代表什麼意思。

我的神智已經混亂了。

教授的門診時間取消了。十七點的時候，這傢伙待在檢驗室，人們可以聽到檢驗室裡頭傳出淫穢的辱罵聲，還有這句話「再來兩個」。

一月七日。

他會說很多話：「馬車」、「沒有位子了」、「晚報」、「給小孩的禮物」與那些髒話，幾乎是俄文字彙的所有髒話。

他的樣子看起來很奇怪。只有在頭頂、下巴與胸部等部位還遺留一些毛髮，其他地方都是光禿禿的。他的皮膚鬆弛，性器官漸漸出現男性特徵，顱骨明顯變大，前額低平。

天啊！我一定會發瘋。

教授的情況愈來愈糟。我幫他執行絕大部分的觀察工作（錄音，照相）。

謠言很快地傳遍整座城市，後果是沒辦法預期的。從今天白天開始，整條巷子站滿一些無聊人士與老太婆，他們直到現在還站在窗戶外頭。早報有一則很奇怪的報導：「歐布綢巷傳出有關火星人的謠言，缺乏任何事實基礎。這一則消息是菜市場的菜販編出來的謠言，這項行為必須遭受最嚴厲的法律制裁。」哪裡來的火星人？他媽的！這真是一場惡夢。

晚報的報導就更妙了。上頭寫著：「一個剛出生的嬰兒竟然會拉小提琴。」此外，還有一張素描——一把小提琴和我本人。照片底下有一段文字：「為嬰兒母親執行剖腹生產的布列奧普列斯基教授。」這真是沒得說的……沙里克還說出一個新的字：「民警」。

原來達里亞·佩特羅娃娜愛上了我，從教授相簿裡頭拿走我的照片。在我趕跑這些記者的時候，有一位記者跑進廚房裡頭，諸如此類等等……。

門診時忙得不可開交！今天門鈴響了八十二次。電話線被拔掉。那些沒有小孩的女人真的瘋了，她們竟然全往我們的屋子裡跑。

在施翁德爾的帶領下，公寓管理委員會舉行了一次會員大會，可是所有人都不知道，為什麼要舉行這次會議。

一月八日。

深夜做了一次診斷。作為一位真正的科學家，教授承認，自己犯下一個錯誤：腦下垂體的更換沒有造成「年輕化」的現象，反而造成全面「人化」的現象。（本段敘述底下劃了三道線。）然而這並不會損害教授的偉大發現與背後代表的意義。

今天沙里克第一次在各個房間裡走了一圈。在走廊上，他看到電燈時，大聲地狂笑。在教授和我的陪同下，他走進了診療室。他直立的腳（劃了三條線。）站得很穩，看起來像個矮小、體形醜陋的人類。在診療室裡頭，他發狂的大笑。他的笑聲是讓人不舒服的，聽起來像作假的感覺。他猛抓後腦勺，並向四周張望。還有，我記錄下他所說的一個明確的新字：「資本家」。他用髒話怒罵，他的叫罵是有依循的、系統的、不間斷的，不過聽起來似乎沒有任何的意義。這些髒話像用錄音機先錄起來，然後自動播放，好像這傢伙曾經聽過許多骯髒的字眼，再自動以下意識記錄在自己的腦子裡，突然間，用自己的嘴巴把這些話一捆一捆地搬出來。我不是精神科的醫生。真是見鬼。

不知道為什麼，這些髒話讓教授感到特別沮喪。他已無法針對所有新現象進行冷靜與小心的觀察，他喪失所有耐心。當這條狗再一次罵髒話時，他很惱火地大叫：「閉嘴！」

教授的動作並沒有起任何作用。

沙里克在診療室散步完後，被我們兩人一起送回了檢驗室裡。

後來教授和我兩個人針對我們的觀察進行討論。我必須承認，自己第一次看到，教授面對這頭半人獸時，像他這樣一位沉穩、聰明得不得了的男人竟然沒了主張。他像平常一樣哼完歌之後，問我：「現在我該怎麼辦呢？」然後，他自己回答這個問題：「莫斯科的服裝公司，是的……『從塞維亞到格拉納達……』莫斯科的服裝公司，親愛的醫生！」我聽不懂他的意思。於是他解釋著：「依凡·阿諾勒多維奇，您能不能幫他買些內衣、褲子與上衣？」

一月九日。

（平均）每五分鐘，他的字彙量會多一個字。今天早上，他也能夠造句了。這是我的觀察：所有的字詞似乎冷凍在他的意識裡，現在融開了，再從口中吐出來。從晚上開始，錄音機錄下這些話：「別擠」、「你這個混蛋」、「下去，別站在踏腳上」、「看我揍你」、「承認美國」、「煤油爐」。

一月十日。

衣服已經準備好了。他先把寬大的襯衫穿在外面，甚至滿足的大笑。他拒絕穿內褲，同時用很激烈的話來表達他的抗議：「得排隊！你們這些狗仔！排隊！」衣服穿好了。對他來講，襪子的尺寸太大了。

（在筆記本裡，有些素描。從種種跡象看來，畫的是狗腿如何蛻變成人類的腳。）

除了腳掌後半部骨骼變長外，腳趾頭也慢慢變長。爪子依舊。

重複教導如何使用廁所。

女僕灰心喪氣，沒辦法再忍受下去了。

應當肯定這傢伙的理解能力。一切進行順利。

一月十一日。

他已經習慣穿褲子了。

他說了一句很長的俏皮話：「給我一支煙，你褲子的顏色也像煙。」頭上的毛髮愈來愈細，像蠶絲一樣，很容易把它誤認為是人類的頭髮，但頭上的斑點並沒有消失。今天，耳朵旁邊最後的獸毛也掉下來。食量很大，特別喜歡吃魚。

十七點發生了一件事：他第一次說一句話，這句話不再和周遭無關，那是對現象的反應。當教授命令他：「別把剩下的食物倒在地上。」他回答：「不要管我，你這混蛋。」教授氣昏了，但他立刻恢復正常的意識，說：「如果您下一次再說出這些話來辱罵我或者醫生的話，您會知道，它會有什麼樣的後果。」

這一刻，我正為沙里克照相。我敢保證，他聽得懂教授的話。一道陰影掠過他的臉孔，在逐漸下垂的眼眉下方，眼珠子釋放出像利刃的怨氣，但他卻沒有說一句話。

哈哈。他知道意思了。

一月十二日。

他的手插在褲子的口袋裡。我們正努力嘗試，讓他停止罵髒話的習慣。

他吹口哨：「嘿！小蘋果。」他開始參加大家的談話。

我不能不做幾點猜想：「恢復青春」的研究暫時見鬼去吧！另一個東西卻更重要，是沒辦法比較的。布列奧普列斯基教授發現有關大腦的祕密，這樣的實驗讓人有很深刻的印象。從現在起，有關腦下垂體的神祕功能可以說被解開了，它決定人類的外觀，它分泌的是人類生命體最重要的激素。換句話說，它是外貌激素。這是科學的一個新領域：不需用浮士德[2]的曲頸瓶，也可以誕生小矮人。外科醫生的手術刀喚醒生命裡頭一種新的人性本質。布列奧普列斯基教授，您是一個偉大的發明家！

（墨水跡。）

我離題太遠了……。總之，他參加我們的談話。依照我的推論，事情的狀況是這樣子的：不斷增長的腦下垂體打開狗腦的語言中樞，而這些字像是瀑布般的流瀉下來。我相信，在我們面前的生命是大腦喚醒、成長的物種，而不是新的生命。噢！這不正是佐證演化論的偉大證據呀！噢！一條從狗到化學家門得列夫[3]之間的偉人的連結。

2 歌德作品中的科學家。他把自己的靈魂賣給惡魔，以滿足得到永恆生命的夢想。

3 蘇聯重要的化學家。

此外，我還發現一個假設：在沙里克還活在狗的歲月裡，牠的大腦已經儲存一些屬於人類思考性的概念。一開始他滿嘴粗話，這些字詞都是牠在街上流浪時先被輸入大腦，再儲存起來。現在我沿著大街散步，都會惴惴不安地觀察這些流浪狗。只有上帝才知道，在牠們的大腦裡頭，到底還隱藏著什麼東西。

沙里克識字。識字！（三個驚嘆號。）這是我猜的。從他能夠倒著說出「漁業總局」，說明他看字的順序是顛倒的。我甚至知道這個謎的解答在哪：狗的視覺神經構造的毛病。

在莫斯科發生的所有事情，是人類理智無法理解的現象。因散佈謠言，宣稱布爾什維克黨會招來世界毀滅，市場的七個菜販遭到逮捕並被關進監牢。達里亞·佩特羅娃娜熱烈地談論這一件事，她甚至可以指出正確的日期：一九二五年十一月二十八日，在聖徒斯特凡日，地球將與宇宙之軸碰撞……。一個不知名的小伙子還針對這個題目，作了一次公開演講。

因為移植腦下垂體的關係，現在教授家裡有許多風暴與亂象，讓人待不住。我答應布列奧普列斯基教授的請求，搬進公寓，和沙里克一起睡在檢驗室。檢驗室也充當候診室，還真讓施翁德爾說中了。面對這樣的大災難，公寓管理委員會幸災樂禍的心情無法言喻。櫥櫃的玻璃全都破掉了，只因這傢伙亂蹦亂跳。經過我們很大的努力，才改變他這個壞習慣。

費立普變得有點奇怪。當我告訴他一些我的假設，希望將沙里克培養成心理層面的高度演化人格，沒料到他卻用低沉的聲音回答說：「您認為這樣嗎？」他的音調帶著些許惡意的口吻。是不是我弄錯了？這個老傢伙的心裡頭有些盤算。在記錄沙里克的病歷史時，我發現他對這個病人的歷史作了深刻的研究——就是那個被我們拿掉腦下垂體的死人。

（在筆記本裡頭，夾了一張紙。）

科林．格里耶威奇．丘龔琴。二十五歲[4]，單身。無黨籍，黨的同情份子。三次被起訴，三次被釋放。第一次，因為缺乏證據。第二次，因為他的籍貫與出生。第三次，判刑十五年的勞改，並予以緩刑。偷竊。職業：在市集演奏三弦琴[5]。

身材矮小，外表醜陋，肝臟腫大（酒精中毒）。

死因：在一間酒吧裡（派爾茲特斯恩卡大街上的紅燈酒吧），被一刀刺入他的心臟。

這個老傢伙不動聲色地研究科林的病歷。我不知道他到底想幹什麼。他曾自言自語，說應該事先想到要從病理解剖學的角度，全面檢查科林的屍體。到底他想做什麼？我真不懂。從哪一個人的身上移植腦下垂體，不是都一樣嗎？

4 前面敘述為二十八歲，此處原文如此，可能是作者筆誤。

5 類似吉他的俄國弦樂器。

一月十七日。

我得了流行性感冒，就沒作筆記。在這一段時間裡，他的外貌終於真正發展完成。

依照體格的比例，他是一個完全的人：

體重大約五十公斤；

身材矮小；

開始抽煙；

吃人類的食物；

可以自己穿衣服；

可以流利地交談，沒有困難。

這是腦下垂體造成的變化。（墨水跡。）

病史至此結束。在我們的面前，是一個全新的生物，我們必須從頭進行觀察。

附件：速記、錄音與相片。

簽名：F・F・布列奧普列斯基教授的助理　博爾緬塔爾醫生

第6卷

一月下旬的傍晚時分，剛好在吃晚餐與門診時間之前，候診室的門板旁邊貼了一張紙條，教授親筆寫了這樣的公告：

「我禁止，任何人在公寓內嗑（向日葵）瓜子。F．F．布列奧普列斯基教授」

上頭還有博爾緬塔爾醫生用鉛筆書寫的大字：「下午五點到七點間，禁止演奏樂器。」

下面有一張金娜留下的便條：「等您回來的時候，請告訴教授，我不知道他去哪裡。費尤多說，他跟施翁德爾出去了。」

接著則是教授的字：「難道我還得花一百年的時間，等待修理工人嗎？」

最後是達里亞．佩特羅娃娜手寫的訊息（她的字體是印刷體的字母）：「金娜去商店了，她說會把他帶回來。」

在飯廳裡，一盞紅色燈罩的燈營造出黃昏的氣氛。燈的光環一道道地分成兩半，因為所有櫃子的鏡子上都黏貼十字架形狀的紙條。教授彎著身子，坐在桌子旁邊，他的全部精神集中在打開的報紙上。憤怒的閃電扭曲了他的臉，從牙縫間，斷斷續續地擠出一團糾結與低沉的字詞。

「毫無疑問的，這是他非法的私生子（借用腐化的資本主義社會的說法）。這些偽科學的資產階級就是這樣享受生活情趣。在正義之劍發出公正的聲音、光芒照耀旭日東昇的朝氣之前，這個腐化的資本家居然擁有七間房間。 施翁德爾」

在兩面牆壁後面，傳來琴弦聲，它的聲韻夾帶著混雜的優越感。在教授的腦袋裡，《月之光》的變調聲律和報紙的簡訊，攪和成讓人作嘔的稀粥。他看完報紙，轉過頭來，吐了一口痰，繼續用機械性的語調來哼唱三弦琴彈奏的曲子：「『月之——光……月之——光……月之——光！』他媽的！該死的旋律！」

他按了鈴，金娜的臉孔出現在厚厚的門簾中。「告訴他，現在是五點了，他應該停止。然後請他過來找我。」

教授就坐在桌子旁邊的沙發上，左手夾著一支褐色的雪茄。門簾旁邊站著一個身材矮小、外表醜陋的人。他的身體靠在門把上，兩腳交叉地站著。在他的頭上，頭髮如雜草般混亂，而且長短不一，讓人想起荒原中的樹叢。他的額頭太短了，顯得非常突兀，兩道黑色眉毛的上方，便是像毛刷一樣濃密的頭髮。夾克的左邊腋下破掉了，沾滿麥稈碎屑。他穿著一件上頭有線條的褲子；除了右膝蓋上方已經被磨破之外，左褲管還沾上了紫色的油漆。這男人的脖子上綁著一條藍色領帶，別著一枚人造紅寶石別針。這條領帶有著非常招搖的顏色，所以當教授坐在原地，眼睛疲倦地合起來時，在完全黑暗的狀態之下，他竟然看到燃燒的火把，一會兒出現在天花板，一會兒在牆壁上，火把上頭還帶有淺藍色的光環。當他的眼睛再度張開的時候，地板倒映出一雙有扇形光亮的漆皮鞋和白襪套，讓他覺得相當刺眼。

「像穿上一雙套鞋。」教授不悅地想，深呼吸、嘆一口氣，吸了兩口已經熄滅的雪茄，他想把雪茄重新點上。有一個人站在門口，用很混濁的眼神盯著他，口中還叼根煙，任憑煙灰弄髒襯衫。

牆上掛鐘的咕咕鳥敲了五下。教授張開嘴巴的瞬間，掛鐘發出的聲音還未停止。

「我不是已經拜託您兩次了嗎？不可以在廚房的爐灶上頭睡覺，更不用說在白天的時候了。」

那個男人咳嗽得很厲害，好像有根骨頭哽在喉嚨裡，他回答說：「我喜歡廚房的空氣。」他的聲音聽起來很不尋常，有些低沉，卻很洪亮，好像是從小木筒傳出來的回音。教授搖著頭，問道：「這麼沒品味的東西到底哪兒來的？我指的是您的領帶。」

這男人的眼睛追隨著手指的方向，跳過往前突的下嘴唇，歡歡喜喜地看了看自己的領帶。

「怎麼會難看呢？」他這麼說。「這條領帶很帥。這還是達里亞·佩特羅娃娜送我的禮物。」

「醜陋的東西！跟您的鞋子一樣。怎麼會有這種亮晶晶的蠢貨？這是哪弄來的？我上次不是拜託過您了嗎？正——正——經——經的鞋子！博爾緬塔爾醫生還沒找到合適的東西嗎？」

「是我要他一定要買漆皮鞋！我難道低人一等嗎？您可以到庫茲涅茨基橋[1]看看，在那地方，全世界的人都穿漆面皮鞋。」

教授不住地搖頭，用低沉的聲音告誡：「不准在廚房睡覺！聽懂了嗎？這是多麼粗魯的動作！您會妨礙那裡的女士們。」

男人的臉孔陰沉下來，嘴唇還往前翹。

「是呀！女人，又不是高貴的太太，只不過是女佣人，架子卻端得像政委夫人。這一定是小金娜告的狀！」

教授的眼神變得非常嚴厲。「您要搞清楚，您沒有權利叫她小金娜！聽懂了嗎？」

沉默。

「我想知道，您是不是聽懂了？」

「是的！」

「您去拿掉脖子上的醜東西。您……您應該照照鏡子，看看自己現在的樣子，好像年貨市場的小販。煙灰不准掉在地板上，我都說過上百遍了。還有在公寓裡不准罵任何一個髒話。不准隨地吐痰，這是吐痰的痰盂。在小便池的時候，請您好好小便。您不能再跟金娜胡扯閒聊，她向我抱怨，您常常在黑暗中等她。不要再這麼做！另外，不知道是什麼人對病人說：『狗才知道！』您以為您住在酒吧裡嗎？」

「您這樣緊緊地控制我，是件很可怕的事情！爸爸！」這個男人突然啜泣起來。

---

1 莫斯科的地鐵站名。

教授的臉立刻紅漲起來，他的眼睛散射出一道強勁的光束。

「誰是您的爸爸？這麼拙劣的親密感到底是什麼意思？我永遠不想再聽到這些弱智的稱呼。以後，請您把我的姓和父名一起叫。」

那男人露出反抗的表情。

「為什麼您無法停止您的教訓……不能吐痰！不能抽煙！這裡不能去……這到底是什麼意思？像電車似的，直直地走，卻沒有終點。如果只是因為『爸爸』的話，您大可不用這麼生氣。難道我曾經請求過您，幫我進行手術嗎？」男人憤怒地嘶吼。「幹的好事！首先抓了一隻動物，然後用刀子把頭割開，最後又嫌棄起來。我可沒同意接受開刀手術。」這個男人的眼角盯著房間的角落，好像正陷在回憶裡，「我的家人也一樣沒同意。或許我還有權利到法院告您呢！」

教授的眼睛睜得愈來愈大、愈來愈圓，手中的雪茄滑落下來。「這個傢伙真不是東西。」這個念頭剎那間閃過他的腦海。

「我把您變成一個人，這讓您覺得不快樂嗎？」他瞇起眼睛，提出這個問題。「您也許還比較喜歡在垃圾堆附近流浪？在路旁受凍？唉呀！假如我早知道這樣的話……」

「您到底要訓人訓到什麼時候？在垃圾堆旁邊，我可以自己找到麵包。但我要是死在您的刀子下呢？您會怎麼說？同志！」

「我的名字是費立普．費立普波威奇！」教授激動的大聲吼叫。「我不是您的同志！這是多麼可怕的事啊！」

「惡夢！一場惡夢！」他這麼想。

「的確是這樣。」這男人諷刺地說，表現出勝利的姿態，自信地向前走一步：「我們知道了。我們哪有資格成為您的同志呢？我們哪有這樣的條件？我們沒有上大學，我們不曾住過一棟有十五個房間，每間都帶有浴室的公寓。可是，現在這一切都得停止了。今天每一個人都有權利……」

教授的臉龐變得蒼白，仔細地傾聽這男人的話語。

男人卻不繼續往下說了，拿著被咬碎的香煙，走到煙灰缸旁邊。他的步伐搖搖晃晃，久久地在煙灰缸裡捻著煙蒂。他敵視的眼神似乎正這樣說道：「這樣行了吧？這樣行了吧？」捻熄香煙，剛走了幾步，他的牙齒突然發出聲響，接著把鼻子伸到腋下。

「用手抓跳蚤。用手！」教授憤怒地大叫。「我完全不知道，您在什麼地方弄來這些東西。」

「我怎麼知道！這些蟲子難道是我養的寵物嗎？」這個男人屈辱地回答。「這些跳蚤喜歡我。」

他的手指四處撫摸腋下的衣袖，最後扔出一小撮棕紅色的棉絮。

教授的眼珠子直直地盯著天花板上的昆蟲雕花，手指不停地彈敲桌面。這個男人將跳蚤處死以後，坐在椅子上頭。他的手四處撫摸夾克的衣袖與領口之間的地方，眼睛則注視著格子花鑲木地板，神情滿意地欣賞自己的鞋子。教授的目光這時也落在鞋尖上，尖端的膠面閃閃發亮。教授瞇起眼睛，說道：

「在我的面前，您還想說什麼？」

「談不上什麼事情。事實上，很簡單。費立普・費立普波威奇，我需要一張證件！」

對教授來說，這項要求是突來的打擊。

「嗯……他媽的！一張證件！真的……啊……或許，可以想想辦法……」

他的聲音聽起來很惶恐，那是悲傷的懷疑。

「行行好吧！」這男人自信地說。「怎麼可能不需要證件呢？我必須拜託您清醒一點。您自己知道，若是一個人沒有證件，他的存在就是被嚴格禁止的。第一點，公寓管理委員會……」

「這和公寓管理委員會有什麼關係？」

「您竟然會問這個問題？每一次當他們碰到我的時候，總會問我：什麼時候您才會辦理正式登記？我們最敬愛的同志！」

「唉呀！您……我的天啊！」教授無奈地哭喊，「他們會問……我可以想像，但您會怎麼回答他們的問題呢？我不是已經禁止您在樓梯間閒逛嗎？」

「什麼！難道我是囚犯嗎？」這男人好奇地質問，在他的意識中，早就認定自己是對的，甚至連領帶上的紅寶石都發出贊同的光芒。「什麼叫閒逛？您的話真讓我受不了。跟所有的人一樣，我可以去任何地方。」他的雙腿在鑲木地板上蹬了幾下。

教授沒有說一句話，他的眼睛轉向旁邊。「我必須控制自己。」他這麼想，走到餐桌旁邊，倒了一杯水。

「很好！」他很鎮定地說。「問題不在話怎麼說。您的偉大委員會到底講了什麼？」

「這是什麼意思？……您根本不用用『偉大』這個字來辱罵別人。委員會維護正當利益……」

「我能不能請問一下，什麼人的利益？」

「勞動人民的利益。這是很清楚的。」

教授睜大眼睛。

「為什麼您會是勞動人民？」

「這不是很明顯嗎？我並不是耐普曼人[2]嘛！」

「好吧！那您需要什麼來保護自己的革命利益？」

「難道還不清楚嗎？我需要登記戶口。他們告訴我，在不登記戶口的情況下，沒有一個人可以在

2 耐普曼指的是「新經濟政策」時期受惠的一群人。

莫斯科生活；這種情形還沒有發生過。這是第一點。還有一個更重要的文件——身分證。我不要變成黑戶。然後工會，再來是勞工局……」

「允許我請教您一個問題。我要用什麼東西，來為您辦理登記？用桌上的桌布或我的身分證？我們必須考慮整個狀況。您不能忘記，您是……啊呀！您是突然出現的物種，是實驗室的產物。」教授愈說愈沒把握。

這個男人露出勝利者的笑容，沉默著沒回話。

「好吧！為了讓您能順利登記戶口，依照公寓管理委員會的意見，到底需要什麼？要知道，您根本沒有名字和一個姓。」

「您這樣說就不對了。我可以自己取名字。我已經有名字，並把它刊登在報紙上了。」

「您叫什麼名字呢？」

這名男子調整好自己的領帶，一個字一個字慢慢地說：「普力格拉夫・普力格拉夫威奇。」

「請您不要玩這種愚蠢的遊戲。」教授抱怨。「我正嚴肅地跟您討論事情。」

邪惡的奸笑讓男人的八字鬍更往下沉了。

「我沒辦法了解您的意思。」他用滿足與理性的態度陳述。「我不能說髒話，不可以吐痰。但我老是聽到您說『笨蛋』兩個字。在俄羅斯蘇維埃社會主義聯邦，難道只有教授才可以罵髒話嗎？」

教授滿臉通紅，倒水的時候，還不小心打破了杯子，他又拿起另一個杯子重新倒上水，邊正經地思索：「再過不久，這混帳就要開始教訓我了，而且理由十足。我沒辦法控制自己。」他在椅子上轉過身，分外客氣地彎了彎腰，用很堅定的語氣說：「請原諒我的魯莽，我的精神狀態有點失常。我覺得，您的名字很特殊。容許我提出一個問題：您是從什麼地方找到這個名字的？」

「這是公寓管理委員會給我的建議。我們一邊翻日曆尋找，他們一邊問我：『您想要哪一個名字？』我就自己選了這一個。」

「這個名字不可能出現在日曆上面。」

「真是怪了。」這名男子大笑。「您還把這日曆掛在檢驗室的牆壁上呢！」

教授沒有站起身子就按了鈴，金娜立即出現了。

「把檢驗室的日曆拿給我！」

時間似乎凝固了。金娜拿著日曆走回來，教授急忙問道：

「哪裡？」

「在三月四日，他生日。」

「您指給我看看……嗯……他媽的……丟到爐灶裡頭，馬上燒掉！」

驚恐讓金娜瞪大了眼珠子，她趕快拿走日曆。那個男人卻搔了搔頭，擺出一副責備的樣子。

「我是不是可以知道您的姓呢？」

「我希望能保留以前的姓。」

「什麼！過去的姓？那是什麼呢？」

「沙里科夫。」

⁘

在診療室裡頭，公寓管理委員會的主席施翁德爾穿著皮夾克，站在桌子前面。博爾緬塔爾醫生坐在沙發上頭，在凍紅的臉龐上（他剛從外頭回來），掛著一副非常疑惑的表情——就跟教授臉上的困惑一樣。

「我應該寫什麼東西？」教授不耐地問道。

「這有什麼難的。」施翁德爾說。「您寫一份證明，教授，這樣……這樣……就寫茲證明申請人普力格拉夫·普力格拉夫威奇·沙里科夫。出生在……在你們的公寓裡。」

博爾緬塔爾醫生不解的在沙發上換了個姿勢。教授的鬍子抽搐了一下。

「嗯……他媽的！沒有人能想出更愚蠢的事來。他根本不是生出來的，而是……好吧！算了。」

「他是生出來還是不是生出來的，那是您的事情。」施翁德爾用冷靜與看好戲的心情說這些話。

「無論如何，教授，您作了這樣的嘗試，您已經創造出沙里科夫同志的生命。」

「一點也不麻煩！」沙里科夫在書櫃旁邊大聲咆哮。在這個位置，他可以欣賞鏡子反射出來自己領帶的模樣。

「我必須請求您，請您不要加入談論的行列。」教授生氣地說。「真是笑話。若您認為『這很簡單』，這是完全錯誤的想法。它一點都不簡單。」

「為什麼我不能加入討論呢？」沙里科夫氣惱地嘟喃。

施翁德爾立刻支持他的話。「對不起！教授，沙里科夫同志的話一點都沒錯。假如我們的討論和他切身相關，特別是關係到他的證件，他也有權利加入。證件是世界上最重要的東西。」

刺耳的鈴聲打斷談話。教授拿起聽筒說：「喂！」他的臉色立刻紅漲起來，大叫：「請您不要用這些小事情來煩我。這關您什麼事？」他把聽筒摔在電話架上。

施翁德爾的臉上泛起藍天般明亮的喜悅。

教授紅著臉，大嚷：「就這麼辦。我們作個結束吧！」

他馬上從筆記本裡頭撕下一張紙，拿起鋼筆，草草寫了幾個字，最後氣憤地念出剛剛寫下來的幾行字：

「『在這個地方，我證明』……誰會知道，這會怎麼……嗯……『這個申請人是在實驗室中實行大腦手術誕生的人，所以，他需要證件。』……他媽的！我完全反對這種白痴證件。『簽名：布列奧普列斯基教授。』」

「很奇怪，教授，」施翁德爾生氣地說，「您為什麼把證件叫作白痴呢？我完全沒辦法允許一個沒有證件的房客住在公寓裡。特別是當民警局完全沒有他的兵役資料，萬一那些帝國主義的強盜發動戰爭怎麼辦。」

「我不要去打仗！」沙里科夫沉下了臉，對著書櫃喊道。

施翁德爾呆住了，不過他很快就鎮定下來，很有禮貌地對沙里科夫說：「沙里科夫公民，您這樣的說法是很不負責任的。對每一個人來說，登記服兵役是一種義務。」

「他們當然可以登記我的資料，但是，去打仗？我寧願去死。」沙里科夫充滿敵意地回答，一邊拉直自己的領帶。

輪到施翁德爾感到難堪了。教授和博爾緬塔爾醫生兩個人交換著憤怒與陰鬱的眼神：「倒霉！得聽他說教了！」博爾緬塔爾醫生點頭的樣子隱含許多的意思。

「在手術時，我受到重傷。」沙里科夫發出低沉的悲鳴聲。「這裡！是他們對我造成的傷害。」他用手指指自己的頭。在額頭上，有一圈手術的傷疤。

「您是個無政府主義的支持者或個人主義崇拜的傢伙嗎？」施翁德爾問道，邊豎起高高的眉毛。

「我應當有當兵的豁免權。」沙里科夫提出自己的看法。

「好了。這個問題並不重要。」深感意外的施翁德爾說。「我們現在只要把教授的證明送到民警局那裡，這樣他們就可以給您發證件。」

「請您聽好！」教授打斷他的話，補充道：「這棟樓裡是否有空的房間？我要把它買下來。」

在施翁德爾褐色的眼睛裡，黃色的火光不停地舞動。

「沒有！教授，我對這件事感到很抱歉。事實上，未來也不會有。」

教授緊閉雙唇，不發一語。電話又響了。他猛烈地拿起聽筒，把它甩在一旁，話筒轉了幾圈，吊在淺藍色電線上不動了。所有人全都一顫。博爾緬塔爾醫生心想：「這老頭火大了。」

施翁德爾的眼睛閃爍著亮光，對大夥兒鞠躬之後，就走開了。

沙里科夫穿著一雙發出巨大聲響的馬靴，緊緊地跟在他後面。

教授和博爾緬塔爾醫生兩個人單獨在一起。在短暫的沉默之後，他猛搖著頭：

「這是個惡夢，不是嗎？親愛的醫生，您不是都看見了嗎？在您的面前，我可以發誓，親愛的醫生，兩個禮拜的折磨比過去十四年更痛苦。這狗雜種，我跟您講……」

在遠處，傳來玻璃碎片和女人的尖叫聲，可是一下子就停止了。在無聲無息中，邪惡的鬼魂正迅速移動，沿著牆壁的壁紙，經過走廊，再跑到檢驗室裡，在那個地方，砰的一聲打翻了什麼東西，一剎那間，又從走廊上跑了回去。門板被重重關上。廚房裡傳出達里亞·佩特羅娃娜的驚叫聲，以及沙里科夫的號叫聲。

「我的天啊！又來了！」教授大叫，衝向門的方向。

「一隻貓！」博爾緬塔爾醫生立刻猜到了。他隨即跟在教授的後面，他們一起跑過走廊，衝進前廳。又從那裡，再跑到另外的一條走廊，這走廊分別通往廁所與浴室。金娜剛好從廚房的方向跑出來，狠狠地撞上教授。

「我講過多少次了！別讓貓跑進來。」從他的口中，溢流出沸騰的怒氣。「貓在哪裡？老天保祐。依凡·阿諾勒多維奇，安撫一下外面的病人。」

「在浴室！在浴室！那一隻可惡的蠢牛坐在浴室裡頭。」金娜氣喘喘地叫喊。

教授使勁推了推浴室的門板，但這門就是打不開。

「立刻把門打開！」

回答他的是落鎖的浴室裡有什麼東西跳到牆上，臉盆掉了下來。在門板的後面，沙里科夫野蠻與淒厲的喊叫聲從來沒有停止過：

「我要殺了你！」

水龍頭的水像瀑布宣洩，教授猛撞門板。在廚房的門口，達里亞．佩特羅娃娜出現了，她扭曲著臉、滿頭大汗。這一刻，浴室窗戶的氣窗裂開一條縫，從中飛出兩塊碎玻璃，一隻巨大、有老虎斑紋的貓掉了下來，牠的脖子上繫著天藍色的領結，看起來像一個圍事保鏢。這一隻「小老虎」直接摔在廚房桌子的大盆子上，把盆子砸成兩半，牠敏捷地從盆子跳到地板上，輕巧的身段飛過門檻，像跳華爾滋舞曲似的，抬了抬右前腿，最後穿過門縫，消失在後方的樓梯中。這門縫的間距慢慢擴大，在貓消失的位置上，取而代之的是一個老太婆的醜臉，頭上還裹了個頭巾。下一秒，這老太婆的裙子已經在廚房裡頭飄蕩，她的裙子有些白色的斑點。她用大拇指與中指擦拭下扺的嘴角，像小偷似的瞇著眼睛偷看廚房的動靜，然後這麼說：「噢！我的天啊！」

臉色蒼白的教授衝到廚房，隨後惡狠狠地問：「您想幹什麼？」

「我想看一下那隻會說話的狗！」她賠著笑臉回答他的問題，同時在自己的胸前劃了個十字架。

教授的臉色變得更加蒼白，他的整個身體幾乎緊貼這位老婦人，低聲且又嚇人地說：「立刻滾出廚房！」

老婦人走到門口，受辱地說：「您真的很沒有禮貌，教授先生！」

「滾出去！」教授重複他的話，他的眼睛愈來愈大，幾乎像貓頭鷹的眼珠子一樣駭人。他用一隻手大聲地揣上婦人後頭的門板。

「達里亞．佩特羅娃娜，我已經拜託過您了，別讓外人進來！」

「費立普．費立普波威奇，我能怎麼辦呢？」達里亞．佩特羅娃娜絕望地說。她的手捏成緊握的拳頭。「這些人整天往這裡鑽，攔也攔不住。」

浴室裡頭，水龍頭的流水聲是低沉而且有威脅性的，然而浴室裡卻聽不到沙里科夫的動靜。博爾緬塔爾醫生走過來。

「依凡．阿諾勒多維奇，我必須拜託您一件緊急的事……還有多少病人在外頭呢？」

「十一個。」博爾緬塔爾醫生回答。

「請您叫他們通通回家。今天的門診取消。」

他用手指頭敲著門板，大叫：「您立刻走出來！為什麼把自己反鎖在浴室裡頭？」

「嗚！嗚！」沙里科夫的回應是抱怨的控訴與淒慘的哀號。

「他媽的！我聽不見。關掉水龍頭！」

「汪！汪！」

「請您把水龍頭關起來！他在裡面幹什麼？我完全沒辦法了解。」教授大吼，漸漸沒辦法控制自己的怒氣。金娜與達里亞．佩特羅娃娜的嘴巴張得大大的，失神地盯著浴室的門。教授這次用拳頭猛擊門板。

「他在那兒！」廚房裡傳出達里亞．佩特羅娃娜的喊叫。

教授急忙衝進廚房。從天花板通氣孔下方破碎的窗戶裡，露出了沙里科夫的頭，他的腦袋伸到廚房裡，他的醜臉整個扭曲，兩眼淚汪汪的，鼻子邊上有一道紅紅的抓痕。

「您難道瘋了嗎？」教授狐疑地問道。「難道您不想出來嗎？」

沙里科夫的眼神滿是焦慮與混濁。他這麼說：「我把自己反鎖起來了。」

「您把門打開，您不會沒見過門鎖吧?!」

「我沒辦法打開這該死的鎖。」他的回答愈來愈恐慌。

「我的天啊！你這傢伙！他把安全閥一起鎖上了。」金娜尖叫著，把兩手合在一起。

「門鎖上有個按鈕！」教授大聲叫喊，想讓自己的音量蓋過水龍頭的聲音。「您按一下按鈕！按一下按鈕！」

沙里科夫消失了，然後再次出現在氣窗後面。

「我看不到！」他滿臉驚恐地喊著。

「您把燈打開！他嚇壞了！」

「那隻可惡的畜牲把電燈打破了。」沙里科夫這麼回答。「當我抓住那隻畜牲後腿的時候，開關被弄壞了。我現在找不到它。」

三個人不知道該怎麼辦，彼此睜大眼睛互相看著對方。

五分鐘之後，博爾緬塔爾醫生、金娜與達里亞．佩特羅娃娜三個人坐在捲成一捆、濕答答的地毯上面，用屁股壓緊地毯，堵住門板下面的縫隙。

門房費尤多拿著達里亞．佩特羅娃娜點燃的結婚蠟燭，順著一架木梯爬上浴室的氣窗。他那穿著灰色大方格褲子的屁股，在風中擺盪，一會兒就消失了。

「嗚！嗚！」在流水的聲響中，沙里科夫似乎在叫著什麼。窗戶噴出來的水還濺到廚房的天花板。水終於靜止下來。

這時候，傳出費尤多的呼喚聲。

「費立普．費立普波威奇，我必須把門打開，讓水流出來，我們可以從廚房把水吸乾。」

「把門打開！」教授怒不可抑地喊叫。

三個人從地毯上站起來，費尤多打開浴室的門。「洪水」的聲響編織成一曲清脆的圓舞曲，在走廊的通道上流竄。這一條「河流」又分成三條小支流：一條直接沖到廁所，一條流向右邊的廚房，一條又到前廳。金娜很快地跳上前，關上前廳的門。費尤多踩著齊踝的水，從浴室走出來，莫名其妙地微笑著。他的樣子好像沾濕的桌巾，整個人都濕透了。

「我好不容易才把它堵起來，壓力真大。」他解釋。

「那混蛋在哪裡？」教授問道，邊罵邊抬起一條腿。

「他不敢出來。」費尤多說話時，臉上溢滿愚笨的微笑。

「您會揍我嗎？爸爸！」從浴缸裡，傳出來沙里科夫的哭泣聲。

「笨蛋！」教授簡短地回答。

金娜與達里亞・佩特羅娃娜兩個人光著腳丫子，她們的裙子綁到膝蓋上。她們兩個人，還有沙里科夫與費尤多，一起用濕的抹布擦拭廚房的地板。這兩個大男人同樣光著腳丫子，也把褲管捲到膝蓋上，他們把骯髒的水擠出來，倒在水桶裡。被遺忘的爐灶呼呼作響。水經過門縫流到前廳，順勢流下樓梯，又漫出欄杆，流向地下室。

博爾緬塔爾醫生墊著腳尖，站在前廳淌水的地板上，通過繫著鐵鍊、稍稍打開的門縫，對外面等待看診的病人說：

「今天不看診，教授生病了。請你們離開這個門，我們這裡的水管破了。」

「下次門診是什麼時候？」門板後面傳出這樣的聲音。「我只需要一分鐘。」

「沒辦法！」博爾緬塔爾醫生想中斷所有不必要的對話。「教授現在躺在床上，而且水管破了。請你們明天再來。金娜！親愛的，請妳把這裡擦乾，水都流到正門的樓梯了。」

「抹布沒有用！」

「我們可以用杯子舀。」費尤多讓大家聽到他的聲音。「馬上試試看。」

鈴聲又響了。博爾緬塔爾醫生的雙腳這時都泡在水裡面了。

「什麼時候可以舉行手術？」這時候傳出一個很堅定的聲音，講話的人還試圖從門板的縫隙當中衝進來。

「水管破了。」

「我可以穿雨鞋走過去。」在門前面，一道藍色陰影不停移動。

「不可能！請您明天再來。」

「我約的時間是今天。」

「明天！裡面災情慘重。」

費尤多在教授的腳邊不斷用杯子舀水。面目淒慘的沙里科夫卻想出一個不同的方法：他把一張大抹布捲起來，把它放在肚子下，然後趴在都是水的地板上，用身體把抹布從前廳滑到廁所，藉以把水推向廁所。

「為什麼你把整間公寓弄得都是水？你這個蠢蛋！」達里亞·佩特羅娃娜怒氣沖沖地叫罵。「把水弄到水池裡。」

「這沒有用！」沙里科夫這麼回答，雙手一邊不停把混濁的水划回去。「水都已經流到樓下的樓梯間了。」

走廊上，一張椅子被搬出來，發出很大的聲響。在椅子上站著正平衡身體的教授，他穿上了一雙藍色襪子。

「依凡·阿諾勒多維奇，您不用再管了。您去臥室休息一下，我把鞋給您。」

「不用了！費立普·費立普波威奇，這不重要。」

「您應該穿上套鞋。」

「不用了！不管怎麼樣，我的腳早就都濕了。」

「哎呀，我的上帝！」教授很不好意思地說。

「真是隻邪惡的畜生。」沙里科夫突然發聲了，他蹲著一步步走到外面，手上還捧著一個碗。

博爾緬塔爾醫生的眼神投向門板的方向，他沒辦法再忍耐下去了，他放聲大笑。

教授鼻上兩翼的息肉鼓脹起來，眼珠子裡出現一道像刀鋒般銳利的光束。

「您到底是在說誰啊？」教授對沙里科夫提出這個問題。「我倒想知道，那是什麼人。」

「當然是那隻貓。那隻畜生。」沙里科夫眼睛滴溜溜地亂轉。

「您知道嗎？沙里科夫！」教授深深吸了一口氣說。「到今天為止，我還沒有看過像您一樣不要臉的傢伙。」

博爾緬塔爾醫生不斷竊笑。

「您是個沒有教養的混蛋。」教授繼續說。「您怎麼會說出這樣的話呢？這一切全是您造成的，而您居然把責任推得那麼乾淨……啊！這是什麼世界?!魔鬼一定會來抓您。」

「沙里科夫，請您告訴我。」博爾緬塔爾醫生插話了：「您到底還要追逐貓多久？不會感到羞恥嗎？這是野蠻的行為。您的行為簡直就是禽獸。」

「我不是野獸。」沙里科夫抱怨。「絕對不是！在公寓裡頭，人們沒辦法忍受這畜生的存在。牠們只會找尋什麼是公寓裡可以偷的東西。最近那隻貓把達里亞・佩特羅娃娜的碎肉偷吃光了。我想給牠一次警告。」

「該教訓的是您自己。」教授說。「看一看您自己在鏡子裡的模樣。」

「我的眼睛幾乎瞎掉。」沙里科夫說話的神情帶有晦暗的沮喪，他用潮濕與骯髒的手擦拭眼睛。

當被水泡得發黑的鑲木地板乾一點以後，所有的鏡子都蒙上一層霧氣。鈴聲這時也停止下來。教授穿上一雙紅色拖鞋，站在前廳。

「這是給您的工錢，費尤多！」

「非常感謝。」

「您快去換衣服，然後再到達里亞・佩特羅娃娜那兒喝杯伏特加。」

「非常感謝。」費尤多緊緊握著教授的手，「還有一件事情，費立普・費立普波威奇，對不起，我有點不好意思啟齒，得賠第七公寓裡的一塊玻璃……沙里科夫丟了一塊石頭……」

「拿石頭丟貓？」教授這麼問。臉上的難色像封印暴雨的烏雲。

「不是，是丟屋主。他威脅著要告到法院去。」

「混蛋！」

「沙里科夫想擁抱他的女廚師，於是屋主把他趕出去……。嗯，他還罵了一大堆髒話。」

「我的天啊！以後如果發生什麼事，您都要立刻讓我知道。需要多少錢？」

「一個半盧布。」

教授從口袋裡掏出三個發亮的半盧布硬幣，交給費尤多。

「竟然還把錢給那個無賴。」門縫裡傳出低沉的聲音。「他自己……」

教授轉過身子，牙齒緊咬嘴唇，二話不說地將沙里科夫推進候診室，鎖上門。沙里科夫立刻用拳頭猛敲門板。

「不許打門！」教授的喊叫聲就像是病人呻吟般有氣無力。

「咳，說真的，」守門人的話語隱含許多意涵。「我從沒看過這樣的無賴。」

強壯的博爾緬塔爾醫生出現了，像從地底冒出來似的。「費立普．費立普波威奇，請不要過分激動。」他打開候診室的門，旋即傳來他威脅的聲音：「這是什麼意思？我們現在在酒店嗎？」

「這是對的。」守夜人堅定地說。「沒錯……朝他的狗嘴再補一拳……」

「瞧您說的，費尤多！」教授發出悲傷的嘆息。

「對不起，費立普．費立普波威奇，您太受罪了。」

第7卷

「不對！我再說一次，不對！」博爾緬塔爾醫生的話語沒有任何妥協。「請戴上餐巾！」

「我的天啊！這是幹什麼！」沙里科夫怏怏地嘟噥了一句。

「我很感謝您，醫生。」教授很有禮貌地說。「我都厭煩管他了。」

「如果您不紮好餐巾的話，我就不允許您吃飯。金娜！請拿開他的冷盤。」

「怎麼可以收掉呢？」沙里科夫生氣地大叫。「我這就戴上。」

他左手護著盤子，右手把餐巾胡亂塞在領口裡頭，他的樣子看起來像是理髮廳的客人。

「請您用叉子。」博爾緬塔爾醫生這麼說。

沙里科夫嘆了一口氣，用叉子去叉澆上濃汁的魚塊。

「可不可以喝點伏特加？」他問。

「您還沒喝夠嗎？」博爾緬塔爾醫生表明自己的意思。「這幾天，您伏特加喝得夠多了。」

「難道您捨不得？」沙里科夫反問，厭惡地白了他一眼。

「笨蛋！」教授不能忍受這些對話，想插話進來，但是博爾緬塔爾醫生打斷他的話。

「請您冷靜一下，費立普．費立普波威奇，我可以處理這件事情。沙里科夫，您只會說廢話，特別是您那種武斷狂妄的口氣太不像話。我當然不會捨不得伏特加，它並不屬於我，那是教授的。不對！它只會傷害身體，這是第一點。第二點，就算沒有伏特加，您的舉止還是沒有清醒的樣子。」

博爾緬塔爾醫生手指了指糊了紙條的餐櫥。

「金娜！請您再給我一點魚。」教授說。

沙里科夫用斜眼看了一下博爾緬塔爾醫生，他手上拿著酒壺，把自己的酒杯倒滿。

「您必須先為別人倒酒。」博爾緬塔爾醫生說，「而且應當依照這樣的順序：先幫教授倒酒，然後是我，最後才輪到您自己。」

沙里科夫依照順序幫大家倒酒，他的嘴角露出埋怨與諷刺的笑容，不過沒人注意到他詭異的表情。

「在您們的身上，一切都講究禮節。」沙里科夫試圖清楚地表達自己的意思。「餐巾得這樣戴，領結得那樣結；又是『對不起』、『請用』與『謝謝』，一點都不實惠。您們只是在折磨自己，好像活在沙皇時代一樣。」

「我倒想問問看，什麼才是實惠的東西？」

沙里科夫沒有回答教授的問題，相反地，他舉起酒杯：

「來！我敬大家……」

「我們也敬您！」博爾緬塔爾醫生不無諷刺地說。

沙里科夫把酒杯的液體一口灌進喉嚨裡去，皺了皺眉頭。接著他把一塊麵包放在鼻子下面，先嗅一下，才吃下去。他的眼眶閃爍著淚光。

「夠老練的。」教授像在做夢似的斷斷續續地說。

博爾緬塔爾醫生疑惑地看著他。

「這怎麼說？」

「夠老練的！」教授重複這句話，痛苦地搖著頭。「沒辦法——科林。」

博爾緬塔爾醫生的眼神中燃起強烈的興趣，專注地盯著教授看。

「費立普．費立普波威奇，難道您相信？」

「相信嗎？意見嗎？我非常肯定。」

「難道……」博爾緬塔爾醫生欲言又止，他用眼角的餘光看著沙里科夫。

沙里科夫疑心地皺著眉頭。

「等會兒再說！」教授輕輕地說。

「好吧！」他的助理回答。

金娜拿出一盤火雞肉。博爾緬塔爾醫生先為教授倒一杯紅酒，再為沙里科夫倒一點。

「我不要。我寧願要一點烈酒。」他的臉上散發油光，額頭上有些汗珠，心情開朗了起來。

紅酒讓教授的情緒變得更輕鬆。他的眼睛明亮，愉快地看著沙里科夫：他那圍著餐巾的頭顱看起來像甜酸醬裡頭的蒼蠅。紅酒也升高博爾緬塔爾醫生的情緒，他感受到想做事情的衝動。

「好了！今天傍晚我們有沒有什麼好節目呢？」他問沙里科夫的意見。

沙里科夫眨了一下眼睛，回答：

「我們最好去馬戲團。」

「每天去馬戲團？」心情不錯的教授提醒沙里科夫，「我覺得這樣很無聊。假如我是您，我寧願去歌劇院。」

「我不去歌劇院！」沙里科夫充滿敵意地回答，然後閉上嘴巴打了個響嗝。

「在餐桌上打嗝會搞糟其他人的胃口。」博爾緬塔爾醫生機械性的訓斥。「請您注意一下。為什麼您反對歌劇院呢？」

沙里科夫的眼睛直盯空杯，像看望遠鏡，他正在思考。他高高地翹起嘴唇。「裝腔作勢……一大堆廢話！廢話……這些真正的反革命。」

教授的身體靠在歌德式沙發上，笑得如此開心，口中散射出黃金假牙的光輝。

博爾緬塔爾醫生轉過頭來。「您應該念一些書。」他建議。「您知道，否則……」

「我已經看過書了！我已經看過了！」沙里科夫不耐煩地說，並為自己倒上半杯的伏特加。

「金娜！」教授不安地叫嚷。「把伏特加拿走！親愛的，我們不需要它了。您到底看些什麼書呢？」在教授腦海中，突然閃過一幅圖畫：一個孤獨的小島，棕櫚樹，一個披獸皮戴著皮帽的人。

「他應該是念《魯賓遜漂流記》……」

「這書……等一下……恩格斯與那個……他到底叫什麼名字來著？那個撒旦……喔！對了！考茨基的通信。」

博爾緬塔爾醫生手中叉了一塊火雞肉，這一塊肉在前往嘴巴的半途中停住了。教授手上的紅酒弄翻了。沙里科夫利用這個時刻，一口把伏特加喝掉。

教授的手肘撐在桌子上，眼睛嚴厲地盯著沙里科夫，質問：

「我能不能請問一下，是不是可以告訴我，您讀過後有什麼感覺？」

沙里科夫聳一下肩膀。

「我不能贊同它。」

「誰的意見？恩格斯或考茨基？」

「兩個人都一樣。」沙里科夫回答。

「我的天啊！這太妙了。『……誰說別家的姑娘比得上妳……』那麼，您可不可以建議，應該要怎麼辦呢？」

「我能作什麼建議？兩個人沒完沒了的寫信……還開什麼大會，弄了一些德國人……頭都暈了……我們只要徵收全部的東西，然後平均分配就成了。」

「我早就料到了。」教授大叫，用手掌狠狠拍了一下桌巾。「跟我的猜想完全相同。」

「您是不是已經想出一個方法來分呢？」博爾緬塔爾醫生好奇地問。

「什麼方法？」沙里科夫反問。

伏特加讓沙里科夫一下子話多了起來：「這哪有什麼困難的呢？不過，我倒想請問一下：為什麼一個人可以擁有七間房間的公寓，以及四十條褲子，而另一個人卻得到處流浪，只能在垃圾堆裡頭找東西吃呢？」

「當然，擁有七間房間的人，應該就是指我吧？」教授這麼說，同時高傲地瞇起了眼睛。沙里科夫縮成一團，不敢講話。

「好吧！我並不反對大家平均分配。醫生！昨天您回絕了幾個病人？」

「三十九個病人。」博爾緬塔爾醫生說。

「嗯……總共是三百九十盧布，由三個大男人來分擔，我們不把金娜和達里亞·佩特羅娃娜這兩位女士算進來。沙里科夫！您得付給我一百三十盧布。請付錢。」

「想得美。」沙里科夫嚇了一跳：「為什麼我要付錢？」

「這是水龍頭與貓的費用。」教授大叫，平時的諷刺與不在乎的態度全然消失了。

「費立普·費立普波威奇！」博爾緬塔爾醫生不安地喊叫。

「別打斷我！因為您胡來亂搞，造成我得停掉門診，這個損失應該由您支付。真受不了！您在這間公寓亂跳，像個野人似的，還拔掉水龍頭。到底是誰殺了泊拉祖赫太太的貓咪？誰？」

「您，沙里科夫！前天您還在樓梯間咬傷一位女士。」博爾緬塔爾醫生氣憤地說。

「您處在……」教授大吼。

「那個可惡的女人打了我一巴掌耶！」沙里科夫大聲反駁。「我的嘴巴可不是可以任由大家隨便打的。」

「因為您捏了她的胸部呀！」博爾緬塔爾醫生再也壓抑不住怒氣了，還不小心弄翻自己的杯子。

「您處在……」

「您處在最低級的發展階段。」教授對他嚷嚷。「您才剛開始生長，是個智慧低能的生命，表現出來的都是野蠻的動物行為。您竟敢在兩個受過大學教育的人之間放肆透頂，愚蠢地大談社會分配問題，提議什麼東西都要平均分配……然而，同時還去偷吃牙粉，不知道牙粉根本不能吃。」

「三天前！」博爾緬塔爾醫生證明這一件事情。

「所以，請您尊重一下。」教授威脅地說。「您必須仔細記住這一點。另外，為什麼您在鼻子上擦外傷軟膏呢？如果有人告訴您一些事情的話，您必須閉上嘴巴，仔細聆聽。您必須努力學習，要怎麼做才能成為社會的一份子。還有，到底是哪一個混蛋把書借給您的？」

「對您來說，每一個人都是混蛋。」沙里科夫回答問題時，神色非常驚恐，他不想再聽到兩人的輪番攻擊。

「我可以猜到是什麼人。」教授大喊。憤怒將身體內所有的血紅素都逼到臉上。

「這有什麼不能說的？是施翁德爾借給我這本書。他才不是混蛋……他想要幫助我提高我的思想發展嘛！」

「我已經瞧見，讀了考茨基的理論，您是如何發展自己的。」教授的憤慨衝到了頂點，氣得臉色都變成黃色。他用抖動的手觸摸牆上的鈴。「今天的事件是最好的證明。金娜！」

「金娜！」博爾緬塔爾醫生大叫她的名字。

「金娜！」驚嚇的沙里科夫淒厲地嘶喊。

金娜用小跑步的姿態跑過來。

「金娜，到候診室……這書在候診室嗎？」

「是的。」沙里科夫順從地說。「綠色的封面，像硫酸鹽的顏色。」

「有一本綠色的書……」

「不要把它燒掉！」沙里科夫絕望地叫喊：「那不是我的書，它是從圖書館借來的書。」

「書名叫什麼來著……是恩格斯和那個誰呀……那個撒旦……拿到火爐燒掉。」

金娜跑出去。

「最好可以用絞刑吊死施翁德爾這可惡的傢伙。」教授怒吼，氣得狠狠咬一口叉子上的火雞肉。

「因為公寓裡有這樣一個混蛋，像瘟疫一樣。這還不夠，竟然在報紙上寫些沒有意義的文章……」

沙里科夫用仇視與諷刺的眼光看著教授。在另外一方面，教授同樣用眼角的餘光盯著他，卻沒有說一句話。

「噢！看起來，這屋子裡會出事。」博爾緬塔爾醫生突然有了預感。

金娜把一壺咖啡與圓柱蛋糕端到圓桌上面。咖啡壺的一邊是黃色的，另外一邊是藍色的。

「我不吃這些東西。」沙里科夫的話帶些威脅與敵意。

「沒有人請您吃。請您規矩點。醫生！自己拿吧！」

在沉默中，晚餐的時間結束了。沙里科夫從口袋裡拿出一支揉皺的香煙，吸了起來。教授喝完咖啡以後，就去看鐘，按了報時的按鈕，發出了八點十五分悅耳的報時鐘聲。跟往常的習慣一樣，他的身子躺在歌德式的沙發上，順手拿起放在小椅子上的報紙。

「醫生！請您帶他去馬戲團。還請您特別注意一下，節目表上有沒有貓的表演。」

「怎麼可以讓這種蠢蛋進去馬戲團表演呢？」沙里科夫抱怨地提醒他們，一邊搖著頭。

「這時代所有物種都可能在馬戲團表演。」教授的回答有另一層的涵義。「今天有什麼節目？」

「所羅門馬戲團。」博爾緬塔爾醫生念出節目的名稱。「總共有四個節目……最後是尤岑慕跟空中飛人。」

「什麼是尤岑慕？」教授生氣地問道。

「我也不知道。連我自己也是第一次聽到這個名字。」

「您最好看一下尼克提斯馬戲團的節目表。我們必須知道表演的真正內容。」

「尼克提斯馬戲團的節目……尼克提斯……嗯……大象跟人類靈巧的極致。」

「噢！這樣子！親愛的沙里科夫！您覺得大象怎麼樣呢？」教授不太放心地問。

沙里科夫生氣了，他覺得自己被侮辱了。

「什麼！怎麼，我不懂嗎？貓是一回事，大象卻是種很有用的生物。」沙里科夫這麼回答。

「好極了！假如牠們是有用的，你們就坐車去馬戲團吧！去看看牠們。現在，您必須注意聽依凡·阿諾勒多維奇的話。在小吃部裡，不要跟別人講話。依凡·阿諾勒多維奇，我必須拜託您，不要拿啤酒給沙里科夫。」

十分鐘以後，博爾緬塔爾醫生和沙里科夫開車去馬戲團。沙里科夫身上穿戴鴨舌帽與毛大衣，並把大衣的領口翻上來。

公寓裡則是靜悄悄的。教授待在診療室，他點燃一盞燈——一盞有深綠色燈罩的燈，這盞燈的亮光襯托寬敞空間的溫馨，但教授卻不斷來回地跺步。雪茄末端閃爍著綠光。教授的雙手插在褲袋裡，嚴密的思慮折磨著他那光潔的額頭。有時候，他還會清唱一段，哼幾句：「朝向尼羅河的神聖河岸！」最後他把雪茄扔進煙灰缸，走向擺滿玻璃瓶的櫃子，按下開關，打開天花板上三盞很強的電燈，把整個房間照得有如白晝般明亮。

從櫃子的第三層裡，他拿出一支狹長的玻璃罐，在光源的照耀下仔細觀察它；一團白色的粥狀物浮游在輕盈與透明的液體中——這是從沙里科夫大腦的深處割下來的腦下垂體。教授聳一下肩膀，緊緊地咬著嘴唇，喃喃自語。他眼睛死死地盯著玻璃罐內的腦下垂體，好像希望這一團粥狀物可以解釋一連串事件的真正原因：為什麼整間公寓的生活都被顛覆了，從底部徹底被翻了過來？

完全可能！像他腦筋這麼優秀的人一定會發現真正的原因。他觀察腦下垂體一段很長的時間後，謹慎的把它放進櫃子裡鎖上，再把鑰匙放到口袋裡。他縮縮肩膀，雙手插在口袋裡，然後整個人躺在沙發上。他點燃第二根雪茄，咀嚼雪茄的邊緣，在藍色的惆悵中大聲叫嚷。彷彿一個白髮的浮士德。

「真的！我必須這樣做。」

沒人能回答他的問題，公寓裡只是一片死寂。在歐布綢巷子裡，只要二十三點一到，街上就沒有任何的交通。只會偶爾聽見遠處傳來的腳步聲，在窗簾外篤篤響了一陣後就消失了。教授口袋裡的懷錶在他的手指下發出悅耳的聲響，他焦急地等待博爾緬塔爾醫生與沙里科夫兩人看完馬戲回家。

第8卷

沒有人知道，教授的心裡面到底有什麼決定。在後來幾個禮拜裡，他並沒有任何舉動，或許，正因為沒有什麼作為，所以公寓裡頭發生一連串的事件。

在水龍頭與貓咪的事件之後過了六天左右，一個公寓管理委員會的年輕人來找沙里科夫，就是那一個穿著打扮像男人的女人，她交給沙里科夫幾份文件。他把文件放到口袋裡頭。

沙里科夫大喊：「博爾緬塔爾！」

「不對！我必須請求您，連名帶父名地稱呼我。」博爾緬塔爾醫生大動肝火。

應當說明：在這六天內，醫生和自己照顧的病人吵了八次架。公寓裡瀰漫著沉重的氣氛。

「這樣的話，您也必須連名帶父名地稱呼我。」沙里科夫理直氣壯地作出反擊。

「不可以！」教授盛怒吼道。「我沒有辦法忍受任何人在我的公寓裡，連名帶父名地叫您。如果您不希望我們隨便地用『沙里科夫』稱呼您的話，我和博爾緬塔爾醫生很樂意可以改稱呼您『沙里科夫先生』。」

「我不是先生，所有的先生都住在巴黎。」沙里科夫大叫一聲。

「這是施翁德爾的傑作！」教授大吼。「我會跟這傢伙算帳。只要我還在這一棟公寓裡，先生就會存在，否則，我們兩個人當中，有一個人必須搬出去，而這個人很可能就是您。今天我就在報上登廣告，您一定要相信我，我會幫您找到一間房間。」

「我才不會這麼愚蠢，就這樣搬出去。」沙里科夫乾脆地說。

「您說什麼？」教授臉上的血色迅速退去，博爾緬塔爾醫生見狀，趕快走上前來，輕柔地攙扶他的手臂。

「我告訴您，不可以再有如此頂撞的行為，沙里科夫先生！」博爾緬塔爾醫生說話的音量非常大。沙里科夫退後一步，從口袋裡拿出三張紙，分別是黃色、綠色與白色的紙張。他的手指輕彈著這些紙張，這麼說：

「這裡！我是公寓管理委員會的成員，可以住進第五號公寓。換句話說，我有權享用布列奧普列斯基所承租五號公寓裡十六平方公尺的面積。」沙里科夫想了一想，又添了一句：「請您對我客氣點。」這句話立刻被博爾緬塔爾醫生機械式地、自動地記住了，因為這是以前不曾有的、新的狀況。

教授緊咬著嘴唇，怒氣從牙齒縫裡衝口而出：「我發誓，總有一天會殺掉這個施翁德爾。」

沙里科夫特別留意這些話，這可以從他的眼神中看得很清楚。

「費立普．費立普波威奇！小心一點！」博爾緬塔爾醫生警告教授。

「您知道嗎……他的作法是多麼惡毒。」教授大吼。「我告訴您，沙里科夫……沙里科夫先生！您要是再這麼不規矩，我就取消您的午餐，不准您在我家裡用餐。十六平方公尺，好極了！這個混蛋證件沒辦法命令我給您飯吃。」

沙里科夫傻眼了，張開嘴巴。

「我不能沒有飯吃。」他喃喃地說。「我要去哪裡找飯吃呢？」

「所以您就得規矩點兒。」兩位醫生同聲地說，像同一張嘴巴冒出來的一句話。

非常明顯地，沙里科夫的行為低調多了，除了一件自作自受的傷害以外，沒有對其他人造成任何困擾：在博爾緬塔爾醫生不在的短暫時間，沙里科夫使用刮鬍刀刮傷自己的臉頰；教授與博爾緬塔爾醫生不得不幫他縫合傷口。這一天沙里科夫只能哀號，他的淚水像噴泉一樣無法停止下來。

第二天深夜，在瀰漫綠光的診療室裡，教授和他忠心的助理博爾緬塔爾醫生兩個人坐在一起。屋子裡的其他人都已經睡著了。教授穿著天藍色的睡袍與紅色的拖鞋，博爾緬塔爾醫生則穿著紅色的襯衫以及藍色的吊帶褲。在兩個醫生之間有一張圓桌，桌子上頭有一本很厚的相簿，一瓶白蘭地，一盤檸檬片與雪茄。整間屋子都是兩位學者吞吐出來的煙霧。

這兩個人正討論著剛發生的事件：這天傍晚，沙里科夫拿了教授放在診療室的二十盧布——這些錢放在秤台上面——然後就溜走了。當他回來的時候，整個人喝得醉茫茫的。這還不夠，他帶回來兩個陌生人，在樓梯間，他們吵吵鬧鬧地表明希望留下來過夜，直到守門的費尤多打電話給第四十五分局，這兩個人才離開。當時費尤多還穿著內褲與秋天的睡袍。

費尤多剛掛上電話，這兩個無賴早已不見蹤影了。不過，前廳裡鏡子櫃檯上的孔雀石煙灰缸、教授的海狸皮帽，與一根刻有泥金花字的拐杖，也隨著兩個無賴消失。那根拐杖上頭有這樣的刻字：「敬愛的費立普．費立普波威奇．布列奧普列斯基醫生留念，衷心感謝您的住院醫師們敬贈……」下面的日期是羅馬數字XXV。

「這兩個人到底是誰？」緊握著拳頭面對著沙里科夫，教授問道。沙里科夫站不穩，倚在牆上掛著的皮大衣上，含糊不清地描述他並不認識這些人，他們不是什麼狗崽子，是好人。

「讓人無法相信！這兩個混蛋也喝醉了……怎麼可以做得這麼利索呢？」教授驚嘆，目光還盯著原先放拐杖的地方。

「老手嘛！」費尤多解釋，把一盧布放在口袋之後，就睡覺去了。

沙里科夫堅決否認拿走兩張紙鈔，並且隱約地暗示：他並不是公寓裡唯一的一個人。

「是這樣嗎？難道是博爾緬塔爾醫生偷走二十盧布？」教授用非常輕，卻讓人感到極度恐懼的聲音說。

沙里科夫張大他的醉眼，說出自己的猜想：「或許是金娜。」

「什麼！」像鬼魂一樣出現在門口的金娜大叫著，手還一邊緊抓著領口開到胸部的睡衣。「他怎麼可以……」

教授的脖子漲得通紅。

「冷靜下來，金娜！」教授伸出手拉她。「不要那麼激動。我們會解決問題。」

金娜立刻放聲大哭，胸前的手不斷顫抖。

「金娜！您不害羞啊！誰會懷疑您呢？啊呀！真難為情！」博爾緬塔爾醫生不知所措。

「金娜！您真是一個小笨蛋。原諒我吧！上帝！」教授說。

金娜這時突然停止哭泣，大夥兒都沉默下來。沙里科夫感到不舒服，用自己的頭猛力撞擊牆壁，口中同時發出「啊」與「厄」的音，它聽起來像是「厄厄厄」。他的臉色變得很蒼白，下巴也發生痙攣的現象。

「拿個垃圾桶給這個混蛋，它在檢驗室裡頭。」

所有人四處跑動，照顧喝醉的沙里科夫。博爾緬塔爾醫生把身體搖晃的醉鬼拉到床上的時候，從他的嘴裡費勁而又輕浮地吐出幾句惡毒髒話。

整個事件發生的時間大約在凌晨一點，而現在已經凌晨三點了，這兩個男人還很清醒地坐在診療室裡頭。白蘭地的瓶口已經被打開了，他們喝了許多酒，也抽了許多煙，濃濃的煙霧在房間裡緩慢而又沉重地飄浮著。

博爾緬塔爾醫生的臉色十分蒼白，然而卻有堅定不移的表情。他拿起了一只像是蜻蜓形狀的高腳酒杯。

「費立普·費立普波威奇，」他帶著深刻的感情說：「我永遠不會忘記，當我第一次來到您這裡，還是個三餐不繼的窮學生，而您卻讓我待在系裡頭。您必須相信我，費立普·費立普波威奇，您對我的意義遠遠超過一個教授、一個導師……我對您的尊敬是沒有止境的……請您讓我吻您一下，親愛的費立普·費立普波威奇！」

「好的！我的朋友。」教授含糊地說，還站起身子，讓博爾緬塔爾醫生擁抱他，在酒精氣味濃郁的鬍子上親一下。

「真的！費立普·費立普波威奇！」

「我非常感動。真的很感動！謝謝您。」教授說。「我的朋友！在手術時，有時候我會大聲地罵您，請您原諒我的壞脾氣。有時候，我真的很寂寞。『從塞維亞到格拉納達……』」

「費立普·費立普波威奇！您怎麼可以這麼說呢？」博爾緬塔爾醫生真誠地呼喊。「如果您不想再次侮辱我的話，請不要再說這種話……」

「現在，我想謝謝您……『朝向尼羅河的神聖河岸！』謝謝……在心裡面，我早就認定，您是個很有能力的醫生。」

「費立普·費立普波威奇！我想告訴您。」博爾緬塔爾醫生激動地叫喊，接著從沙發上跳起來，他先走到門邊，把通到走廊的門關起來，然後走回來，在教授的耳邊悄悄地說：「這是唯一的一條出路。我當然不是不知道，自己有多少斤兩，可以對您提出任何的建議。但是，看看您自己，您被折磨得不像樣了；在這樣的狀況下，您完全沒有辦法工作。」

「是的，完全沒有辦法。」教授嘆了一口氣，肯定地說。

「這是完全沒辦法想像的。」博爾緬塔爾醫生輕聲地說。「上次，您曾經這麼說，您怕連累我，您可能不知道，這話讓我多麼感動，親愛的教授！然而，我不再是個小孩子了！還有，我很清楚，弄不好，它的後果會多麼可怕。可是我堅信，我們沒有其他的路。」

教授站起身子，朝他連連搖手，大聲地叫：

「您不要引誘我做這件事情，以後也不准再提。」他在房間裡來回走動，邊吐出朵朵雲彩的煙圈。「我不想再聽到這些話。您可以想像嗎？若是我們被抓到，會有什麼後果呢？雖然我們只是初犯，但我們都不可能被減刑，因為我們兩人都不符合『考量該犯的出身』這一條。您應該知道您的出身不符合減刑條件吧？您的背景並不是那麼理想，我親愛的朋友！」

「符合個鬼！我的父親是維爾諾[1]的偵察員。」博爾緬塔爾醫生回答，一口喝光酒杯裡的白蘭地。

「就是啊！夠糟的吧！這就是遺傳的劣根性，還會有什麼罪名比這更糟？而我的出身又更糟了，我的父親是大教堂裡的大司祭。謝謝！『從塞維亞到格拉納達，這是個寂靜與黑暗的夜晚。』事實就是這樣，他媽的！」

「費立普．費立普波威奇，您是世界名人，怎麼可能為了這個狗崽子，對不起！請原諒我的話……為了他來動您，不可能！」

「所以我才更不能走這一步。」教授理性地說。他還是站著，目光緊盯著玻璃櫃子。

「為什麼不能？」

「因為您沒有世界名聲。」

「怎麼說……」

「拜託一下！在遇到災難的時候，拋棄自己的同事不管，自己靠世界名人的招牌脫身。對不起……我可是受過高等教育的人，不像沙里科夫。」教授傲氣地挺起他的肩膀，樣子看起來就像古代的法國皇帝。

「費立普．費立普波威奇！啊……」博爾緬塔爾醫生的叫喊聲非常微弱。「那該怎麼辦呢？難道您想一直等待，直到這個畜生變成一個真正的人嗎？」

教授揮了一下手勢打斷他的話，給自己倒了一杯白蘭地。他喝一口白蘭地，吃了一塊檸檬片之後，這麼說：

---

1 立陶宛首都維爾紐斯的舊稱。

「依凡．阿諾勒多維奇，您覺得，我對解剖學與生理學是不是有些概念？我們這麼說吧！我是不是了解人類的頭腦器官？您覺得怎樣？」

「費立普．費立普波威奇，為什麼您會問這一個問題？」博爾緬塔爾醫生感性地說，並伸開自己的雙手。

「好吧！用不著假謙虛。我想，在這個領域裡，我並非莫斯科排名最後的人。」

「我認為，您是莫斯科最有權威的科學家，事實上，在倫敦與牛津，其他人同樣無法挑戰您的地位。」博爾緬塔爾醫生激動地說。

「可以了！就算我也這麼想吧！好了！未來的博爾緬塔爾教授，您說的事誰也辦不到。當然，您不必問為什麼，您可以引用我的話，說布列奧普列斯基是這樣說的。Finita[2]！科林！」教授鄭重其事地喊了一聲，玻璃櫃子立刻發出嗡嗡的回聲。「科林！」他重複這個名字。

「您得仔細聽好！博爾緬塔爾，您是我的學派第一個學生，同時，最重要的一點，您也是我信任的朋友。因為這一份信任，我願意和您分享我的祕密。我知道，您不會嘲笑我的。布列奧普列斯基這頭蠢驢在這次手術中栽了個跟頭，跟無知的大三學生一樣。雖然，我們找到一項新發現，醫生您自己也知道，那是什麼。」

教授的雙手悲傷地指著窗簾；他指的正是莫斯科。「依凡．阿諾勒多維奇，您必須仔細地想一想，這一項新發現的唯一結果是什麼？就是我們讓這個沙里科夫騎到這裡。」教授拍打自己的脖子。

「您不要激動！如果有人，」他繼續笑咪咪地說：「在這個時候，想殺掉我，或用鞭子抽我一頓，我會賞給他五十盧布。我可以發誓……『從塞維亞到格拉納達……』我真是見鬼啊……在這地方，我做了五年，把一個個的腦下垂體割下來……您知道我做了多少工作？真沒辦法想像。現在我必須捫心自問，這一切是為了什麼？為了有一天把一條可愛的狗變成一個無賴，讓人見了，頭髮都一根根地豎起來嗎？」

「這是沒有前例的！」

「我完全同意！醫生，若是一個科學家不遵從自然法則，隨時保持安全距離，相反地，他卻想強行去解決問題，掀開神祕的面紗，那會產生什麼樣的實驗結果呢？製造了這個沙里科夫，讓我們吃不完兜著走。」

「費立普．費立普波威奇，假如您移植的是史賓諾沙[3]的腦下垂體呢？」

「沒錯！」教授拍掌道：「沒錯！那隻倒霉的狗若沒有死在我的刀下，您自己可以看到，這是什

2 義大利文，結束的意思。

3 荷蘭的一名唯物主義哲學家。

麼樣的手術。簡單地說，我——費立普・費立普波威奇・布列奧普列斯基，在整個人生當中，還沒有做過比這件事更複雜的。當然可以把史賓諾沙或諸如此類的超人的腦下垂體放進一條狗的腦袋裡，讓這一條狗變成有超級智慧的生命，但是，他媽的！目的是什麼？請問！請您說說看，如果隨便一個女人可以隨時生出一個史賓諾沙的話，為什麼還要用人為的方式，製造出他呢？在克勒幕格里[4]這個地方，羅蒙諾索夫的媽媽不也生了一個著名的兒子嗎？醫生！人性會自動考慮這個問題的，為了進化，人類每年都會從千千萬萬的庸才中，區分和創造出幾十個傑出的天才，用來裝飾地球的美麗。醫生！您現在已經明白，為什麼我會唾棄您對沙里科夫的病歷所下的結論。我的發現您把它當成寶，可是它連一分錢都不值。不對！依凡・阿諾勒多維奇，您不用反駁我，我全然明白了。我從不說空話，您是知道的。理論上來說，這是很有趣的。好吧！生物學家會感到興奮，莫斯科全瘋了……好了！但是實際上，它有什麼意義呢？現在站在我們面前的是什麼人呢？」

教授的手指指向檢驗室，那也是沙里科夫睡覺的地方。

「一個空前的大混蛋！」

「他到底是誰呢？科林！科林！」教授吼叫。「科林・格里耶威奇・丘龔琴！」

博爾緬塔爾醫生張開了嘴巴。

「就是這個傢伙：兩個前科、酒鬼、所有的東西都要平均分配、鴨舌帽跟兩張被偷的十盧布（教授想起了他那支被偷走的拐杖，導致臉上的微血管幾乎要爆裂了一樣）。流氓、豬玀……嘿，我一定可以找到拐杖。總而言之，腦下垂體是個密箱，它決定了這個人的長相！這個人的！『從塞維亞到格拉納達……』」

教授惡狠狠地轉著眼睛，大聲喊著：「不是一般意義上的人的面貌！它是個小小的獨立的大腦。不過，我根本不需要它，去它的！我研究的是另一個課題！優生學，一門改善人神的學問。原本我的研究是想知道，如何讓人類回復年輕，而我卻在這裡栽了跟頭。難道您以為，我的研究目的是錢嗎？不管怎麼說，我可是個科學家呀！」

「是的，一個偉大的科學家！」博爾緬塔爾醫生這麼說。他喝了一口白蘭地，眼球裡都是火紅的血絲。

「兩年前，當我從腦下垂體得到一份性別染色體的純正標本時，我就想作一個小嘗試。如今我們的實驗結果是什麼呢？我的天啊！從這個腦下垂體中的染色體……醫生！在我的面前是完全沒有希望的景象。我可以發誓，我不知道該怎麼辦了。」

博爾緬塔爾醫生捲起袖子，兩眼看著鼻子，說：

---

4 俄國的一個城市名。

「所以，我敬愛的老師，如果您不願意，我就自己一個人動手，我給他吃砒霜。去他媽的！我的父親曾經是偵察員又怎麼樣？沙里科夫這個生命不過是實驗室創造出來的物種。」

教授神情疲倦，無力地癱坐在沙發上。

「不行！我的孩子！我沒辦法允許您這麼做。我已經六十歲了，老到可以給您一個建議：不管任何時候，都不能做犯法的事情。讓乾淨的雙手陪著您一起退休養老吧！」

「我拜託您，費立普．費立普波威奇！假如施翁德爾再這麼對他施加影響的話，他會變成怎樣?!我的天！我到現在才了解，這個沙里科夫是個什麼東西。」

「啊哈！您現在才明白。手術過後十天，我就知道事情會演變成這個樣子。您知道，施翁德爾這傢伙是個極度愚蠢的笨蛋。他根本不知道，沙里科夫會帶給他更巨大的危險，比帶給我的還要嚴重。現在他只想利用所有的方法來打擊我，但是他不知道，如果有人煽動沙里科夫開始把矛頭指向他的時候，他就會屍骨無存啦！」

「那當然！看一看他處決貓咪的狠毒，就知道後果了。一個有狗心的人類。」

「不是這樣子！」教授反駁他的話。

「您犯下一個很嚴重的錯誤！醫生，看在老天的份上，不要說狗的壞話。他和貓之間的事件只是暫時現象，那只會持續兩三個禮拜。您可以相信我，只要過了一個月之後，他就不會再追那些貓了。」

「為什麼他這時會有這樣的行為呢？」

「依凡・阿諾勒多維奇，這是像玻璃一樣透明的道理，為什麼您還問這個問題呢？腦下垂體不是飄浮在空中的羽毛啊！它被移植到狗的大腦裡頭，您得給他一些時間去適應環境。沙里科夫身上顯現的現象，只是狗身上留下來少許的殘餘習性。您可以理解，抓貓可是他最好的行為。您得明白，問題的可怕在於：他的心並不是狗的心，那是一顆人的心——在自然界裡，最壞的心就是人心。」

博爾緬塔爾醫生沒辦法再壓抑噴張的情緒，把削瘦的手握成兩個堅定的拳頭。他聳了聳肩膀，說：「我會幹掉他。」

「我不允許您這麼做。」教授的神情很嚴厲。

「我請求您！」

這時候，教授舉起手指，豎起耳朵傾聽。

「等一下，我聽到腳步聲。」

兩個人注意聽，走廊上卻靜悄悄的。

「幻覺！」

教授這麼說，隨即改用德語激動地說。在話語中，幾次出現「刑事犯」這個俄文字。

「等一下！」

博爾緬塔爾醫生仔細聽外頭的聲音，然後走向門。他聽到很明顯的腳步聲，而且聲音慢慢地走近診療室，此外，還有另一個聲音在罵著什麼。

博爾緬塔爾醫生打開門的時候，眼前的景象把他嚇得往後退了一步；沙發上的教授則是完全呆愣住了。

在走廊上四方形的光影中，穿著睡衣的達里亞·佩特羅娃娜站在走道的右邊角落，臉上的表情激動、滿臉通紅。她強壯的、裸露的身體讓兩個男人眼花繚亂，慌亂中教授和博爾緬塔爾醫生兩個人甚至覺得廚娘像是光著身子。達里亞·佩特羅娃娜用自己有力的臂膀拖著某樣東西：那東西掙扎著不走，屁股賴在地上，他那長滿黑毛的兩隻短腿在鑲木地板上掙扎著。

這東西當然是沙里科夫，他的樣子看起來有些失魂落魄，仍然醉醺醺的，頭髮散亂，身上只穿了一件襯衫。

赤裸與魁梧的達里亞·佩特羅娃娜不停地搖晃著沙里科夫，像甩一袋馬鈴薯一樣，氣呼呼地說：「教授！請您看看，我們的普力格拉夫·普力格拉夫威奇跑來我們的房間。我曾經結過婚，但金娜還只是個閨女。還好我正巧醒來。」

當她說完這些話之後，突然覺得害臊，她大叫一聲，雙手抱住胸部跑掉了。

「達里亞·佩特羅娃娜！我的天啊！對不起。」

教授回過神來，望著她的背影喊道。

博爾緬塔爾醫生把袖子捲得更高，突然衝向沙里科夫。

教授看到他的眼神，嚇了一跳。

「醫生！您幹什麼？我禁止……」

博爾緬塔爾醫生用右手抓住沙里科夫的領口，一直搖晃，用力過猛導致他的襯衫從後頭被撕破了，脖子前面的鈕釦也掉在地板上。

教授趕緊過來阻止，想從醫生抓得死死的手中救出瘦弱的沙里科夫。

「您不可以打我！」幾乎窒息的沙里科夫說。

他拼命賴在地板上，酒也嚇醒了。

「醫生！」教授大聲怒吼。

博爾緬塔爾醫生冷靜了些，放開了沙里科夫。

沙里科夫立刻啜泣起來。

「好吧！」醫生咬牙切齒。

「我們可以等到明天。等他醒過來以後，我再跟他算帳。」他把沙里科夫夾在自己的腋下，拖他去檢驗室裡睡覺。

沙里科夫想掙開醫生的手臂，自己的雙腳卻不聽從他的指揮。教授張開兩腳，站在原地，他的天藍色睡袍敞開著。他舉起手，眼睛注視走廊天花板的電燈，喃喃地說：

「怎麼搞成這樣子……」

第e卷

第二天早上，博爾緬塔爾醫生的帳沒算成，因為害怕「算帳」的沙里科夫消失了。博爾緬塔爾醫生火冒三丈，他罵自己是頭笨驢，沒把鑰匙藏好。他說自己絕對不會原諒沙里科夫，還詛咒沙里科夫被汽車撞死。教授坐在診療室裡，手指埋在頭髮裡說：

「我可以想像街上會發生什麼樣的事情……我完全可以想像。『從塞維亞到格拉納達……』我的天啊！」

「他可能還在公寓管理委員會。」博爾緬塔爾醫生怒氣沖沖說完這些話之後，就跑到外頭。

在公寓管理委員會裡，他狠狠辱罵主席施翁德爾一頓，口氣的惡毒程度讓施翁德爾必須坐下來，寫一封檢舉信給沙莫溫尼基地區的人民法庭。他邊寫邊喊，說他並不是傭人，專門照顧布列奧普列斯基教授的養子。

此外，昨天這個沙里科夫證明自己是個大壞蛋——他藉口說想買一些教科書，從公寓管理委員會這裡騙走了七盧布。

因為這一件事件，費尤多拿了三盧布賞錢。他搜遍整棟公寓，從天花板到地下室都留下他努力的痕跡，卻找不到沙里科夫的蹤影。

弄清楚的只有一點：一大早，沙里科夫就離開公寓。他的身上穿戴銀色的鴨舌帽、圍巾與大衣，離開時，還拿走餐櫥裡一瓶烈酒、博爾緬塔爾醫生的手套與他自己的證件。

達里亞・佩特羅娃娜與金娜的臉上湧現出無法掩飾的喜悅，並說出心中的願望：希望沙里科夫永遠不要回來。

在白天的時候，沙里科夫從達里亞・佩特羅娃娜那兒偷走三個盧布五十戈比。

「你們真是活該。」教授擺動緊握的拳頭吼道。

一整天下來，電話響個不停，第二天仍然一樣，兩位醫生接待了數量可觀的病人。到了第三天，公寓裡出現了一個很緊急的問題：應該向民警局報案，這樣一來，他們才可以到莫斯科的人群中尋找沙里科夫。

不過，才剛剛提到「民警局」，歐布絧巷的寂靜就被大卡車的轟隆聲打破了，窗戶猛地震動了一下。不久後，就傳來充滿自信的門鈴聲。沙里科夫趾高氣揚地走進前廳裡，默默摘下帽子，把大衣掛在衣架上，露出一身新裝扮。他穿著一件皮夾克、一條被磨光的皮褲與一雙英國馬靴，馬靴的高度直到膝蓋的地方。

在前廳裡，充滿一股聞起來像死貓的臭味。教授和醫生兩個人的姿勢好像聽從命令般，兩手交叉地放在胸口，站在門邊，等待沙里科夫開口說話。

沙里科夫撫了撫自己那雜亂的頭髮，乾咳一聲，朝四周張望了一下，顯然想用放肆的態度掩飾自己的尷尬。

「費立普．費立普波威奇！」他終於開口了。「我接受了一個工作。」兩個醫生的喉嚨裡，發出一股驚訝聲，身體震了震。教授是第一個穩定自己情緒的人，他伸出手來：「把您的證件給我。」

證件上寫著：「根據莫斯科公社經濟的城市衛生計畫，當事人：普力格拉夫．普力格拉夫威奇．沙里科夫同志，被任命為清潔科科長，他的工作範圍是清理莫斯科市流浪動物（像貓之類的動物），藉以維護本市的整潔。」

「這樣子！」教授沉重地說。「誰幫您弄到這個位子呢？雖然我已經猜想到了。」

「當然是施翁德爾！」沙里科夫回答。

「我可以請教您一個問題嗎？為什麼您的身體聞起來這麼臭呢？」

「哎呀！這個味道是……那還用說！職業嘛！昨天我處決一大堆貓咪……」

教授的身子不由一顫，他的眼睛看著博爾緬塔爾醫生：醫生的眼睛像兩支槍管一樣，目光獵殺的目標則鎖定在沙里科夫的身上。在沒有一句客套話的情況下，他走向前，毫不費勁地掐住了沙里科夫的咽喉。

「救命啊！」沙里科夫大聲呼喊，連臉色都變得很蒼白。

「醫生！」

「費立普．費立普波威奇，我不會做蠢事。不要緊張！」他很鎮定地回答，並大喊：「金娜！達里亞．佩特羅娃娜！」

她們的身影出現在前廳裡。

「來！跟我一起說！」博爾緬塔爾醫生掐著沙里科夫的脖子，把他朝靠牆的皮草大衣推了一推。「請您原諒我！」

「好吧！好吧！我跟您一起說。」完全處於劣勢的沙里科夫啞著喉嚨，他想大叫「救命」，卻喊不出聲音來，整個頭顱完全埋進皮草大衣裡去。

「醫生！我求求您。」

沙里科夫頻頻點頭，表示他屈服了，願意重複醫生的話。

「請原諒我！尊敬的達里亞．佩特羅娃娜與金娜達……」

「伯歐寇耶娜！」金娜驚慌地小聲說。

「嗚！伯歐寇耶娜。」沙里科夫斷斷續續地說，聲音完全啞了。「我讓我自己……」

「在晚上，在酒醉的狀態下，作出不正當的行為。」

「……作出不正當的行為……」

「我不會再這樣做。」

「我不會……」

「放開他，依凡．阿諾勒多維奇！」兩個女人幾乎同時拜託他。「您快掐死他了。」

博爾緬塔爾醫生放開沙里科夫，說：

「大卡車在等您嗎？」

「沒有。」沙里科夫禮貌地回答。「車子只是把我送到這裡來。」

「金娜！叫卡車開走。現在我想知道一些事情：您準備搬回教授的公寓嗎？」

「不然，我還能去什麼地方？」

沙里科夫害怕地說，眼睛轉來轉去。

「好極了！您的言行必須老老實實，規規矩矩。否則，如果發生什麼問題，就等於找我的麻煩。聽懂了嗎？」

「知道了。」沙里科夫回答。

在對沙里科夫暴力相向的整個過程中，教授一直保持沉默，他的身體都靠在門旁，啃著手指甲，眼睛盯著地板。

突然間，他抬頭望向沙里科夫，用低沉與機械式的語氣問他：

「您怎麼處理……這些死貓呢？」

「皮做成大衣！」沙里科夫說，「肉做成食品，賒給工人。」

⁂

大事件發生以後，公寓裡出現一陣子的和平生活，這樣的平靜持續兩天兩夜。早上，沙里科夫就坐上吵雜的大卡車去工作；傍晚，這一輛卡車又會出現在公寓的前面，然後，沙里科夫會平和地和教授與博爾緬塔爾醫生一同進餐。

雖然博爾緬塔爾醫生和沙里科夫一起睡在檢驗室，但兩個人之間並沒有任何交談，博爾緬塔爾醫生反倒首先覺得無趣了。

兩天之後，在公寓裡出現一位瘦弱的女郎，她的眼睛上了妝，身上穿著乳白色絲襪。在豪華的公寓裡，她的樣子顯得非常拘謹。她穿著一件幾乎被風雨磨平的大衣，跟在沙里科夫的背後，剛好撞見站在前廳裡的教授。

教授驚訝地站著，眼睛瞇成一條線，問道：「我能不能知道，這是怎麼回事？」

「我跟她兩個人要去登記結婚。這是我們的打字祕書，她要跟我生活在一起。博爾緬塔爾醫生必須搬出檢驗室，反正他有自己的公寓。」

沙里科夫解釋時，他的神情充滿抱怨與敵意。

教授眨了眨眼睛，看著這一位臉紅的姑娘思考了一下，禮貌地邀請她：

「請您到我的診療室一下。」

「我也一起去。」

沙里科夫急切地說，他的心中感到疑惑。

博爾緬塔爾醫生此刻已經站在他的面前，好像剛從地下冒出來的鬼魂一樣。

「對不起，」他這麼說：「教授想和這位女士講話，請您和我在這裡等待。」

「我不要！」沙里科夫生氣地回答，急於跟在這位羞愧、臉紅的女人與教授的後頭。

「不行！對不起！」博爾緬塔爾醫生這麼說，一邊緊緊抓住沙里科夫的手臂，他們兩個人走進檢驗室。

五分鐘光景，在診療室裡頭聽不到一絲聲響。少女的啜泣聲一傳出，像頓時破裂的水管。

教授站在書桌旁，陌生女郎拿著骯髒的手帕捂住臉，不住哭泣。

「這個無賴跟我說，在戰爭中，他受傷了。」女郎哭泣地說。

「他說謊！」教授的話語沒有任何憐憫，他搖著頭繼續說：「我真為您感到難過。總不能單見一兩次面，只因為他的地位，就糊裡糊塗地……這太不像話。孩子……請聽我說……」

他打開書桌的抽屜，拿出三張十盧布的紙鈔。

「我要喝下毒藥！」姑娘失控嘶喊。「在伙食堂裡，天天都是鹹肉……他還威脅我……他說，他是紅軍的軍官……他告訴我，我可以跟他一起住在豪華的公寓裡……每天都可以吃到鳳梨……他還說，他的心腸很好，只是痛恨貓咪。他要我送一只戒指給他，說是信物……」

「什麼！心腸好……『從塞維亞到格拉納達……』。」教授喃喃地說。「您還可以活下去，您還這麼年輕。」

「真的嗎？他是那個待在門洞的……」

「您把錢拿去，算我借您。」教授不耐煩的大吼。

這時候，門莊重地打開了，依照教授的意思，博爾緬塔爾醫生把沙里科夫拉進診療室。他的眼睛骨碌碌地轉來轉去，頭上的毛站得直直，活像梳子上的鬃毛。

「你是個混蛋！」頓時間，因為水汪汪的眼睛滲流出來的淚水，原來睫毛上的彩繪變成一團塗鴉，在鼻子上則留下一圈圈的淚痕。

「您額頭上的疤痕是打哪兒來的？請您對這位女士解釋一下。」

沙里科夫決定賭上所有的機會。

「在寇勒沙克的前線戰役中，我受傷了。」他大吼。

女郎站起來，大聲哭泣並奔到外頭。

「請您不要哭！」教授在後頭喊她。「等一下！請把戒指給我！」他對沙里科夫這麼說。

沙里科夫順從地拔下手指上的廉價戒指。

「好吧！」他生氣地說。「我讓妳好看。明天一大早，我就把妳裁掉。」

「您不必害怕他。」博爾緬塔爾醫生追在她的後面喊話。「我不會允許他對您造成任何傷害。」

他轉過頭來，瞪著沙里科夫，嚇得沙里科夫連連後退，後腦勺撞上了玻璃櫃子。

「她叫什麼名字？」博爾緬塔爾醫生問沙里科夫。「她的名字？」他嘶吼，樣子完全喪失理智，教人產生恐懼。

「瓦斯涅佐娃。」沙里科夫回答，邊用眼睛找尋脫身的方式。

「每一天，」博爾緬塔爾醫生這麼說，他緊抓住沙里科夫的領子。「每一天，我都會到莫斯科的清潔大隊去問，瓦斯涅佐娃是不是消失了。如果她……換句話說，當我知道，如果她被免職的話，我會用自己的雙手，把您槍斃掉。留意一點，沙里科夫！我已經說得很明白了。」

沙里科夫目不轉睛地看著博爾緬塔爾醫生的鼻子。

「我們也有手槍……」沙里科夫嘟噥，不過聽起來無精打采。突然間，他利用即將消逝的瞬間，整個人在門後消失了。

「給我小心一點！」背後傳來博爾緬塔爾醫生的話。

在當天的晚上與第二天的清晨，寂靜的氣氛如雷雨前的烏雲，籠罩整棟公寓，所有人都沉默著。在第二天的白天，沙里科夫上班去了，然而不祥的預感卻像毒針一樣穿透他的心窩。這一刻，教授正接見一位客人，他是教授過去的病人，穿了一身軍服，是個身材高大的胖子。這名客人走進診療室，在教授的門前，禮貌地向教授行個軍禮。許可。

「您的病情又惡化了嗎？我的朋友！」教授輕聲問道。教授整個人明顯瘦了許多。

「請您坐下。」

「謝謝，不了，教授！」訪客回答，接著把自己的鋼盔放在桌子上。「我非常感謝您……嗯……我是為另外一件事情，才來拜訪您的，費立普．費立普波威奇。事實上，我很尊敬您這個人……所以，我想對您提出警告……全是胡說八道！這個人是個混蛋。」

病人拿起公事包，從裡頭拿出一份文件。「幸好直接送到我手上。」

教授把眼鏡鏡架挪到鼻子上方，開始看文件上的文字。他久久地、輕聲地念出文件上的文字，臉色一會紅一會白。

「……而且威脅要槍斃公寓管理委員會的主席，也就是施翁德爾同志。他的威脅不是沒有理由的，他一定擁有一把槍。他散佈反革命的言論，而且甚至命令佣人金娜達．伯歐寇耶娜，把恩格斯丟到火爐裡頭燒掉，他是個明目張膽的孟什維克，跟他的助手依凡．阿諾勒多維奇．博爾緬塔爾醫生一樣——他祕密地住在他的公寓，而且沒有辦理登記。

簽名　都市清潔科科長：P．P．沙里科夫。

公寓管理委員會主席：施翁德爾。

祕書：培斯路辛。」

「我可不可以保留這一份文件？」教授問道，氣得面無血色。「還是您需要它，好讓這個案子可以進入司法程序？」

「拜託您，教授！」突來的侮辱吹漲病人的鼻翼。「您真是太小看我們了，我……」他撅起嘴巴，像一隻高傲的火雞。

「對不起！對不起！我的朋友！」教授喃喃地說。

「請您原諒，我並沒有想侮辱您的意思。」

「我們知道如何解讀這份文件，費立普．費立普波威奇！」

「請您不要生我的氣，我的朋友，這傢伙真是傷透了我的心……」

「我也是這麼想，教授，」病人氣消了。「這傢伙是個卑鄙無恥之徒，我真想親眼看看他。在莫斯科，人們都在談論著您，簡直像神話一樣……」

教授絕望地揮了揮手。病人赫然發現，教授如今有點兒駝背，而且在這段時間裡，頭髮居然都變白了。

⁘

犯罪發展到一定的程度，會如同石頭一樣，掉在地上，就會垮台。

懷著一顆被預感壓迫的心臟，沙里科夫坐著卡車回到家裡。檢驗室傳來教授的聲音，請他進去。沙里科夫的思緒是混亂的。踏進門的瞬間，他看到博爾緬塔爾醫生臉上那像瞄準目標物的槍管的雙眼；此刻，他的心中有股莫名的恐懼，他把頭轉向教授。助手的四周是一團煙霧形成的雲朵；教授的左手拿著一支煙，擱在檢驗室裡沙發的椅背上。

教授的口吻夾雜晦暗的冷酷與威脅的平靜，他這麼說：「您去整理您的東西：褲子、大衣，所有您需要的一切東西，然後離開這一棟公寓。」

「為什麼？」沙里科夫疑惑地問道。

「在今天之前，您必須離開我家。」教授用沒有任何變化的音調重複這一句話，同時瞇著眼睛看著他的手指。

邪靈飛進沙里科夫的腦袋瓜子。非常明顯地，死神已經等待著他，災難就在他的背後，他不由自主地投入了命運的懷抱。他惡狠狠地嚷道：「這是什麼意思？你們以為我治不了你們？在這個地方，我有十六平方公尺的權利，我會住下來，而且一直待在這。」

「給我滾出去！」從窒息與呼氣間的缺口中，傳送出教授的字句。

沙里科夫自己請出了死神。他舉起自己的左手，用被貓咬得滿是傷痕的、腥臭不堪的手指，對教授做出侮辱性的手勢，然後從右邊的口袋裡拿出一支手槍，瞄準博爾緬塔爾醫生。博爾緬塔爾醫生手上的香煙像顆隕石似的落在地上，在十分驚恐的狀態下，教授跳過櫃子的玻璃碎片，向長沙發跑去。莫斯科市清潔科的科長四腳朝天，躺在地板上；外科醫生騎在他的胸部上頭，用一只小小的枕頭壓著他的臉。

一段時間以後，滿臉殺氣的博爾緬塔爾醫生走到公寓大門前面，他在門鈴的旁邊貼上一張紙條：

「今天教授生病了，取消所有的門診。請勿按門鈴。」

他用一把閃亮的瑞士刀切斷電鈴的電線。他站在鏡子前面，觀看自己被抓傷與血淋淋的面孔，以及顫抖的雙手。

隨後，他出現在廚房的門口，告訴神色緊張的金娜與達里亞・佩特羅娃娜：

「教授拜託妳們不要離開公寓。」

「好的！」她們怯生生地說。

「請妳們讓我把後門鎖上，鑰匙我拿了。」博爾緬塔爾醫生這麼說，他站在廚房門板的陰影下，用雙手摀著臉。「這是臨時措施，這不代表我不信任妳們。假如有人來，我怕妳們頂不住，開了門。我們不能受到任何的干擾，我們有很重要的工作。」

「好的！」這兩個女人回答。她們的臉色變得很蒼白。

博爾緬塔爾醫生關閉了公寓的前門、屋子的後門與前廳到走廊之間的門。他的腳步聲逐漸消失在檢驗室裡。

死寂降臨在公寓裡，並蔓延到屋子的每個角落。

暮色也漫進來了。

噁心的、恐懼的。

黑暗！

後來，根據公寓庭院對街的鄰居所作的描述，檢驗室的窗戶正好對著公寓的庭院，所以從窗戶的位置，人們可以看到住家的庭院：在這一天晚上，檢驗室的燈火一直都是亮的，他們甚至看到教授的白色工作服……這當然很難去查證。

後來金娜也跟他人聊起這件事：教授和博爾緬塔爾醫生兩個人走出檢驗室時，醫生的樣子幾乎把她嚇死了，他蹲在火爐前面，親手燒掉藍色筆記本，那是從病人的病歷表中抽出來的。博爾緬塔爾醫生的臉色變成一片青綠，臉上佈滿交叉的爪痕與疤痕，此外，在這天晚上，教授也像變了個人似的。還有……話說回來，也許，這位住在派爾茲特斯恩卡大街上的姑娘所說的可能都是胡謅的……

不過，只有一件事是肯定的：在這天晚上，公寓裡只有讓人窒息與恐懼的死寂，沒有一絲人性的氣息。

落幕曲

檢驗室的戰鬥發生十天後的傍晚時分，教授在歐布綢巷的住處突然響起了急促的鈴聲，差點把金娜的魂魄都嚇出軀殼。

「刑警和偵察員。請您把門打開。」

奔跑聲、敲門聲……這些人走進來，在候診室耀眼的燈光照射下，公寓裡第一次聚集這麼多人：兩個人穿著警察制服、另一個人穿了一件黑色大衣，還拿著皮包、想看好戲但臉色蒼白的委員會主席施翁德爾、扮男人的女孩子、守門的費尤多、金娜、達里亞·佩特羅娃娜與博爾緬塔爾醫生——他還沒穿好衣服，所以用手羞愧地遮住脖子。

從診療室的門後，教授走了進來，他穿著一件大家熟悉的天藍色睡袍。任何人只要看他一眼，就會立刻深信，在過去的一個禮拜裡，他的健康顯然恢復許多了，正如過去一樣，那麼有權威、矯健與尊嚴。他站在客人的面前，向他們表示歉意，因為他還穿著睡袍。

「您不用客氣，教授！」穿黑色大衣的人十分尷尬，他猶豫了一下，接著說：「非常掃興，但是我們有張搜索票，我們必須搜索您的公寓，而且……」這個陌生人的目光投向教授的山羊鬍，然後作出決定：「還有逮捕證，這取決於搜查結果。」

教授瞇起眼睛，好奇地問：「請問我是不是可以知道犯人是誰？依據的是什麼罪名呢？」

這個人繃著臉，從皮包裡頭拿出一張紙，念出紙上的內容：

「逮捕的對象是：布列奧普列斯基、博爾緬塔爾、金娜達·伯歐寇耶娜，以及達里亞·佩特羅娃娜。控告的罪名是謀殺莫斯科市公社經濟清潔科科長普力格拉夫·普力格拉夫威奇·沙里科夫。」

金娜的哭聲蓋住了他說出的最後一個字，人們可以聽見金娜吞下口水的聲音。一陣忙亂。

「我不懂您的意思！」教授說，像國王似的聳一下肩膀。「沙里科夫？對不起，或許，您是指我的狗沙里克吧？……就是那一條我手術過的狗。」

「對不起！教授！不是狗，他已經變成人了。這才是問題所在。」

「您的意思是，只是因為他會說話？」教授這麼問。「當一個生命會說話的時候，那並不表示他是個人。不過，這並不重要。沙里克還在這裡，而且沒有人會想去謀殺牠。」

「教授！」這個黑衣人憤怒地揚起眉毛。「您必須讓我們瞧瞧他的樣子。他都失蹤十天了。恕我直言，證據對您非常不利！」

「博爾緬塔爾醫生！麻煩您讓他們看看診療室裡頭的沙里克。」教授命令他的助手，並把搜索票拿到自己的手上。

博爾緬塔爾醫生露出不自然的微笑，走出候診室。

當醫生再回來，吹一聲口哨，從診療室的門後，走出來一條看起來很奇怪的狗，他跟隨在醫生的後面。在牠的毛皮上，有些地方是光溜溜的，有些地方則長了些髮毛。牠像一條在馬戲團穿著衣服的狗，用後腿走路，接著在眾人的注目下四腳著地。牠的眼睛好奇地張望四周。候診室裡只有如墳場般的死寂。這條狗的額頭上有一道很深的紅色疤痕。牠再度直立雙腳，微笑地坐到了椅子上。

第二個警察在胸前劃個很大的十字，往後退了一步，踩在金娜的腳上。

那個黑衣人並沒有就此閉嘴，他極為激動地說：「那是個什麼東西？他還曾經在清潔大隊裡工作過呢……」

「我沒有派牠去那兒……」教授冷靜地說。「如果我沒有記錯的話，是施翁德爾先生為牠寫的介紹信。」

「我完全沒辦法理解！」穿黑大衣的人迷惑地說，然後問第一個警察：「這是他嗎？」

「是的！」警察的回答不帶任何情緒：「一點都沒錯！」

「這的確是他。」這時候，大家聽到費尤多的聲音。「只是這個無賴的毛皮又長出來了。」

「但是，以前，他會說話啊！哎呀……」

「現在牠還是會說話，只是愈來愈少。所以你們得趕快利用機會，不然，不久以後，牠就沒法說話了。」

「可是……為什麼呢？」黑衣人輕聲地問。

教授聳一下肩膀。

「科學找不到任何的方法，可以讓動物變成人類。跟你們看到的事實一樣，我作過這樣的嘗試，然而卻失敗了。以前牠會說話，不過現在慢慢地回到牠的原始狀態。這是反祖現象。」

「不要罵人！」狗兒突然大聲吠叫，並從沙發上站起來。

黑衣人嚇得臉色青白，他的皮包掉落到地上，身體朝一邊倒下去，另外一個警察與費尤多趕緊攙扶他起來。混亂中只有三句話是最清楚的。

教授說：「纈草。他已經昏倒了。」

博爾緬塔爾醫生說：「只要讓我再一次看到施翁德爾出現在教授的公寓裡，我一定會把他丟到樓梯下。」

施翁德爾說：「我請求，把這些話記錄下來。」

○

黑褐色的暖爐正傳送著暖和的熱氣，窗簾遮住了派爾茲特斯恩卡大街濃重的夜色，和天上孤星的亮光。

人類史上的最高生命，狗的大恩人坐在沙發上，沙里克躺在沙發的毛毯上。因為三月裡的霧氣，所以在早晨時，牠頭上一大圈的疤痕會引起疼痛，當傍晚的氣溫因為暖爐再次上升，頭痛的現象才會消失。牠此刻的感覺是輕鬆與愉快的，腦中的思緒匯成一條溫暖與和諧的暖流。

「我的運氣真好，這是無法形容的幸福。」牠打瞌睡的時候，腦子裡浮現出這樣的想法。「我可以永遠待在公寓裡！最後，我終於相信一件事：我的血統一定不純。那個和我祖母發生一夜情的紐芬蘭狗肯定是存在的，我的奶奶當年肯定是條放蕩的母狗，願牠在天堂上安息。顯然我的腦袋被割開了，但到結婚的時候，它就會沒事了。一切都會過去的。」

在不遠處，傳來一陣低沉的玻璃聲響，那個被咬的醫生正在整理診療室的櫃子。

滿頭灰髮的祭師坐在沙發上，哼唱著：「朝向尼羅河的神聖河岸！」

狗看見了奇怪的事：重要人物戴起平滑的手套，把手伸進玻璃瓶裡頭，拿出一顆大腦來——他是一個不肯放棄、堅持到底的人，他不斷往大腦上切切割割，然後瞇起眼睛，仔細研究起來，同時，他的嘴巴還一直哼唱：「朝向尼羅河的神聖河岸！」

是狗心，還是人心？

——蘇淑燕，淡江大學俄文系助理教授——

《狗郎心》（Собачье сердце）為布爾加科夫早期作品，是一部充滿諷刺的喜劇之作。布爾加科夫自詡為諷刺作家，繼承十九世紀俄國文學作家薩爾蒂科夫、果戈里的諷刺傳統。

一九二六年九月二十二日，在布爾加科夫寫給國家政治總局的供詞裡，他自承：「我的天賦在於諷刺，我筆下所描寫之事，也許深刻地傷害了共產制度，但我只能憑自己的良心行事，只能寫我親眼所見之事！我的目光被蘇維埃政權內的負面生活深深吸引，這些是滋養我創作的土壤——因為，我是諷刺作家。」隨後，在一九三〇年寫給蘇維埃政府的信件之中，他再次重複了自己的諷刺性格：「我的作品充滿黑色和諷刺意味，因為我是一個諷刺作家。我描寫我們社會中五花八門的醜態，我用毒舌、充滿懷疑的眼光，看待發生在我們這個落後國家中的革命歷程……，更重要的是，我描寫我們人民性格中的可怕和黑暗之處，這些特點，早在革命前的作家，我奉之為師的薩爾蒂科夫，就已經關注過了。」

布爾加科夫終生以諷刺時政為職志，用喜劇手法描寫莫斯科生活中種種荒謬之處，與當時左派作家喜歡歌頌蘇維埃生活的偉大與光明正好形成強烈的對比。但是也因為這種「不合時宜」的寫作方式，讓他的作品被禁，無法出版。從他的第一部小說《白衛軍》（Белая гвардия）開始，文學評論界便發動一連串對他的攻擊，報章和雜誌上刊載數之不清對他的嚴厲批評和漫罵，稱他為反動者，是擁護舊勢力，仇視革命和蘇維埃政權之人，認為他對時政的諷刺皆是一派胡言，詆毀和污衊偉大的蘇維埃政權。

到了一九三〇年，此種文學誅殺達到了最高潮，他所有的作品都被下令禁止出版，戲劇作品則從各個劇院節目單中刪除，《逃亡》（Бег）、《左雅之家》（Зойкина квартира）、《紅島》（Багровый остров）被下令禁止排練，《涂爾濱一家》（Дни Турбиных）從莫斯科藝術劇院下檔，布爾加科夫從文壇徹底地消聲匿跡。他的敵人歡慶全面勝利的來到，認為他已然被拋入歷史灰燼中，再也無法翻身了。

作品全面性的禁止出版、戲劇無法上演，造成布爾加科夫生活和財政上的嚴重影響，讓他生活無以為繼，得靠借債度日。他找不到工作來養活自己和妻子，沒有人願意聘他，沒有人敢用他。在走投無路之下，布爾加科夫寫了一封信給政府（就是前面提到的那封），用沉痛口吻敘述自己的絕望：

「現在我已經毀了……，毀掉的不只是我過去的作品，還有現在的和將來的作品。我自己親手將關於魔鬼的小說手稿[1]、喜劇手稿和《劇院》[2]的第二部，扔到火爐內燒毀。……現在等著我的是：貧窮、流落街頭和死亡。」他請求政府當局將他「驅逐出境」，因為留在國內無法寫作，對他來說無異於死亡。此信寄出之後不久，他接到了史達林打來的電話，在電話中史達林給了他一條生路，讓他前往莫斯科藝術劇院工作[3]。

有了史達林的許可，布爾加科夫有了工作，在莫斯科藝術劇院擔任副導演之職，《涂爾濱一家》也獲得重新上演的許可，布爾加科夫生活因此稍微改善，但是他的文學創作之路仍然坎坷。一開始和莫斯科藝術劇院合作愉快，他在這裡如魚得水，改編了果戈里的《死靈魂》（Мертвые души）；將普希金的生平改編成劇本，廣獲好評；自己還曾粉墨登場，滿足了戲癮；《涂爾濱一家》已經連演好幾年，成為莫斯科藝術劇院的招牌劇目。但是後來卻因為《偽君子》（Кабал святош）（寫莫里哀的一生）上演事件，而與藝術劇院鬧翻。這齣劇歷經五年排演，終於在一九三六年首演，卻在只演了七場之後，因為《真理報》上刊出一篇猛烈抨擊的負面評論文章，而被藝術劇院下檔。布爾加科夫認為藝術劇院沒有擔當，經不起一點壓力，心生不滿，於是憤而離職。他在寫給朋友的信件中，稱藝術劇院是他戲劇作品的「墳墓」，埋葬了他眾多的戲劇創作心血。

離開莫斯科藝術劇院之後，一九三六年，布爾加科夫受邀到大劇院，負責幫舞台音樂劇寫歌詞，一直到死。

・・・

文學創作的不順遂和接踵而來的挫敗，對他的心靈和精神造成重大打擊，長期、不曾間斷的批評和迫害，讓他患上嚴重精神疾病，不敢獨自出門，不敢一個人走在路上，害怕黑暗、害怕孤獨，也害怕人群。《大師與瑪格麗特》中男主角大師的精神病，其實有很大一部分是作者自己症狀的寫照。他的第三任妻子艾蓮娜．布爾加可娃在日記中提到，布爾加科夫經常沒辦法一個人出門，得要妻子送他去莫斯科藝術劇院，或是大劇院上班。有時候她就在劇院中等待，等丈夫工作結束後再一起回家，或是一同去作家咖啡廳吃晚餐。布爾加科夫也不諱言自己的病情，認為造成此病的原因，就是他被迫

1 指的是《大師與瑪格麗特》（Мастер и Маргарита）。

2 指的是《劇院情史》（Театральный роман），因為第二部被燒毀，因此小說並未完成。這本書的命運與《死靈魂》第二部如出一轍，但是《死靈魂》第二部還有片紙殘段留傳下來，而《劇院情史》第二部只有作家第三任妻子艾蓮娜．布爾加可娃所保留下來的大綱。

3 史達林為何打了這通神奇電話，救了布爾加科夫一命？這個不尋常舉動的背後動機到底為何？這麼多年來眾說紛紜，沒有定論。有人認為是因為史達林欣賞布爾加科夫的才華，曾經到莫斯科藝術劇院看了無數次《涂爾濱一家》。而另一種較為普遍的說法認為，不久前馬雅科夫斯基才剛舉槍自盡（一九三〇年四月十四日），史達林擔心如果將布爾加科夫逼上絕路，會導致更大的反彈，或是一連串自殺的骨牌效應，想藉此安撫人心。

「閉上嘴巴」。對於一個作家來說，作品無法出版，就好像人被禁止說話，因為作家在自己的作品中抒發情緒與思想，與讀者進行對話交流，然而這種對話和說話的權利，卻被當權者給剝奪，讓他硬生生成了啞巴。

雖然心中充滿苦澀，打擊接踵而來，然而他並沒有放棄寫作。布爾加科夫並不喜歡大劇院裡的工作，不滿足於改編劇本或是填寫歌詞，因為這些工作耗費他大量的精力和時間，讓他無法專心從事文學創作。即便如此，在忙碌的劇院工作中，他依然筆耕不輟。利用深夜時間，在一個個不眠的夜裡，在一次次觀察月亮和月亮對話下，他同時寫著《劇院情史》和《大師與瑪格麗特》。一直到他預感自己來日無多，才放棄了《劇院情史》，專心寫《大師與瑪格麗特》[4]。一九三〇年底到一九四〇年三月十日逝世前，他已經躺在病床上，無法起身，卻仍然抓緊最後時間，口述心裡早已構思好的魔鬼現身莫斯科的故事。經過多次改寫，終於完成這部被稱為「夕陽之作」的《大師與瑪格麗特》，成為俄國二十世紀最偉大的作家之一。當讀者翻閱這部作品，看到撒旦大鬧莫斯科，替天行道，懲罰壞人，看到黑貓在屋頂上盪來盪去，和警察隔空開槍對射，卻無人受傷……，這些詼諧逗趣場景，讓人哈哈大笑，卻完全無法想像，隱藏在這笑聲中的無言淚水、對生活的絕望，和作者所經歷的、忍受的椎心刺骨之痛。

痛苦在笑聲中得到昇華，也為他獲得了掌聲和世界級的聲譽，只是那不是在作者生前，而是在死後。他的第一部選集（兩卷本）出版於一九五五年，《大師與瑪格麗特》出版於一九六六年，《狗郎心》更晚，首次刊登在一九八七年，離作者辭世（一九四〇年）整整過了四十七年。

布爾加科夫的作品能夠面世，得歸功作家的第三任妻子，艾蓮娜·布爾加可娃（一八九三～一九七〇年）。她陪著作家走過人生最後八年（一九三二～一九四〇年），《大師與瑪格麗特》中的女主角瑪格麗特就是描寫她。她是布爾加科夫一生中的摯愛，兩人恩愛逾恆，如膠似漆。據說結褵八年，從未吵架。布爾加科夫臨死前，用虛弱、斷斷續續的聲音，對守在床邊哭紅了雙眼的艾蓮娜說：「我是為妳而寫，妳是我的繆斯……。」雖然明知小說無法出版，布爾加科夫還是持續創作，這個創作的動機就是來自於愛，對妻子深刻的愛。他在小說中把兩人這段刻骨銘心的情感寫了出來，也塑造了瑪格麗特這個永恆的女性形象。

事實上，艾蓮娜不只是作家靈感來源，還是他的得力助手，晚年的布爾加科夫身體不好，無法執筆，經常用口述方式由艾蓮娜打字或是手寫，她實際上參與了作家三〇年代所有作品的撰寫。丈夫死

4 許多俄國評論家（譬如：波·沙卡洛夫，Борис Соколов）認為《大師與瑪格麗特》終其作者一生都沒有真正完成，但是以筆者觀點看來，此書不論在結構、內容、劇情發展或結局安排，都是完整的作品，有著完美的整體，因此對於這本書沒有完成的論點，實在無法苟同。

後，艾蓮娜·布爾加可娃完整地保存了作家手稿，並且多次謄寫。她深信丈夫是天才，這些手稿是偉大的創作，為了出版布爾加科夫的作品，她努力奔走，寫信給史達林，懇求解除禁印令。歷經多年努力，在她晚年，終於可以親眼看見作品集出版，看見布爾加科夫重新回到俄國文壇，被大眾肯定，被大力讚譽。她還被爭相邀請到國外演講，當她來到美國時，美國報紙以斗大標題寫著：「瑪格麗特訪美」、「瑪格麗特旋風來美」。她將大部分的作家手稿捐給俄國政府，讓後來研究布爾加科夫的學者可以閱讀手稿，了解作家的創作歷程。

可以這麼說，如果沒有艾蓮娜的堅持和努力不懈，布爾加科夫就不會被世人重新記起，他的作品就會淹沒在歷史的滾滾濁流中。在一九六二年九月七日寫給亡夫弟弟尼古拉·布爾加科夫的一封信裡，艾蓮娜提到自己這些年來的奮鬥和成果：「為了讓他的作品不被遺忘，為了讓他不平凡的人生可以為世人所知，我做了所有能力所及之事，盡了一切最大努力……，這是我活著的目標、我人生的意義。所有我在他死前所作過的承諾，已經都達成了。對於這點，我深信不已。」

···

《狗郎心》這部中篇小說是布爾加科夫的早期諷刺代表作，與《大師與瑪格麗特》並列最受讀者喜愛的布爾加科夫小說類作品（他還寫了很多戲劇作品），描寫狗變成人，最後又變回狗的故事。劇情異常荒誕，但是在看似荒誕不經的故事背後，卻有著作者對二〇年代蘇維埃政權的諷刺，因為它的濃烈諷刺意味，和對時事的強烈批評，此書如同布爾加科夫其他作品一樣，命運乖舛，於一九二五年完成之後，因為通不過檢查制度的審查，而無法出版。當初布爾加科夫將作品送審時，心中還抱有一線希望，期待能修改某些章節以符合當局要求，然而隔年（一九二六年）得到了殘酷的訊息，此書根本無須修改，因為內容本身就不符合社會需求，無法出版。於是終其作者一生，此書被束之高閣，遲遲未能問世。這期間，還有劇院對此故事深感興趣，想要改編成劇本，排演上映，卻也因通不過檢查制度而作罷。直到一九八七年才首次在《旗幟》（Знамя）雜誌刊登。從完稿到出版，隔了整整六十二年，比《大師與瑪格麗特》（寫於一九二九～一九四一年，一九六六年出版）還要晚面世，此書命運之坎坷，可見一斑。然則小說一出版，立即受到大眾的熱烈歡迎，幽默逗趣的筆法，荒誕的故事情節，讓人深深著迷。

故事的一開始，是可憐的流浪狗沙里克（Шарик），被人用熱水燙傷左半身，而奄奄一息，幾乎要被風雪所吞噬。但是天無絕人之路，流浪狗被偉大的、享譽國際的布列奧普列斯基教授（Преображенский）所收留，帶牠回那溫暖、豪華、舒適的房子裡。沙里克在這裡被餵得飽飽的，吃著上好食物，戴上頸圈，在暖呼呼的公寓裡昏昏欲睡。牠以為自己抽中了狗的上上籤，從此可以在這個「狗天堂」裡，過著幸福快樂的生活。然而事實上，布列奧普列斯基教授收留牠，並不是可憐牠、同情牠，而是為了醫學上的目的，他為沙里克進行了實驗性質的手術，在狗腦袋和身體裡植入了人類的腦下垂體和睪丸，據此觀察這些東西的回春效用。但是，發生了醫學奇蹟，腦下垂體和睪丸起了神奇效果，沙里克脫去身上的毛，開始用兩腳走路，並且學會說話……，狗硬生生變成了人。這項醫學奇蹟立刻在莫斯科引起巨大討論，教授家裡附近的巷子裡，終日人聲雜沓，擠滿好奇人群，想要一睹狗變成人的風采，教授的生活從此產生巨大變化。這個奇蹟讓布列奧普列斯基教授吃盡苦頭，成了他生活上的大災難。變成人之後的沙里科夫（這是他現在的名字，Шариков），具備了器官移植者丘龔琴（Клим Чугункин）身上所有的劣根性：好吃懶做、愛喝酒、喜歡把妹、到處騷擾女性、彈三弦琴、舉止粗俗不雅、品味奇差無比、穿著怪異，心胸狹小、到處搞破壞……。每次沙里科夫闖了禍，布列奧普列斯基教授都得為他收拾善後。然則沙里科夫不但不心存感激，還對教授的教誨和責罵產生怨懟之心，兩人無法和平共存。他被灌輸「平均分配理論」，一心一意只想攫取教授家裡的居住權利，和他平均分配豪華公寓裡的一切。於是他寫告密信，最後拿槍意圖殺害教授，卻招致了自己的死亡……。最後，他被動了第二次手術，經此手術之後，他再度回復成為狗，從此在教授的家裡住下來，對教授崇拜異常……。

布爾加科夫透過狗變成人的故事，來諷刺當時官方盛行的新人改造運動。所謂的新人改造運動乃二〇年代蘇維埃官方的一個政策，希望透過社會教育手段，改造工農無產階級，培養出可以在共產社會生存的新人類。這個新人教化運動，最主要的目標就是使無產者道德完善。小說利用狗變成人的荒謬故事，來諷刺這個改造運動，不僅無法教養出道德完善之人，反而容易將人性中最黑暗的一面激發出來。

故事中的沙里克是條可愛、調皮搗蛋，有點神經質的狗，但是牠善良、人見人愛，可以輕易征服任何人之心。但是獲得人形的沙里科夫，不只外貌改變，性格也有了重大轉變。他失去狗的外型，也失去狗的思考模式、狗的善良和忠心。善良的狗心被邪惡人心所取代，變成人的沙里科夫已然喪失原先單純的善良，取而代之的，是陰險、狡詐、心眼狹小、有仇必報，還會恩將仇報，這些性格完全來自於器官移植者丘龔琴。

除了原先具有的負面性格，公寓管委會主席施翁德爾（Швондер）還對他實施社會改造，灌輸他工人階級意識，告訴他有權享用布列奧普列斯基教授家裡十六平方公尺的住房面積，要他學會用鬥爭方式，爭取自己權利。任何東西拿來平均分配就好，不管誰有付出、誰沒有付出，誰付出多、誰付出少。這種粗糙的平均分配理論和階級鬥爭意識，深刻地烙印在沙里科夫頭腦。

這兩個人（教授和公寓管委會主席）透過不同層面來改造新人，教授改造的是外表，讓流浪狗獲得一個無產階級者的腦下垂體，也因此獲得此人的外貌和思考方式（故事暗喻獲得腦下垂體就可以獲得此人的智力和個性），讓他學會思考；施翁德爾則是對他實施社會改造，灌輸他無產階級意識，賦予他社會人格。俄國學者拉克欣評論《狗郎心》時說得很好：

「布列奧普列斯基教授創造了他的心理生物性格，而施翁德爾則是給了他社會地位、灌輸他意識型態。施翁德爾是沙里科夫的思想導師，也是他精神上的牧師。」[5]

但是改造後的沙里科夫並未獲得完善道德性，反而成了大災難，當沙里科夫仍是隻狗時，看見穿著單薄的清瘦女郎，馬上猜到她的處境可憐，懂得對她加以憐惜；可是一旦變成人後，卻威脅這位可憐的打字祕書瓦斯涅佐娃（Васнецова）下嫁於他，如果不從，便將她解僱[6]。當他是條狗之時，對教授忠心耿耿，認為教授是神，是保護狗類的偉大神祇；可是一旦變成人，沙里科夫視教授所提供的食物為理所當然，將教授豪華住宅視為己有，一心一意只想跟他搶住房，大談自己所應獲得之權利，卻不願付出任何責任（不想付錢吃飯、不願當兵打戰……），還寫黑函密告，希望用權力鬥爭手法，整倒教授，獲得教授的房子。於是可愛的狗變成一個可惡的流氓，可惡到令人厭惡和顫慄。

故事裡有一段教授和他的助理博爾緬塔爾（Борменталь）醫生的對話，討論沙里科夫具有的到底是狗心還是人心？在這場談話中，布列奧普列斯基教授說出了真理，一針見血地指出事情癥結所在：「您得明白，問題的可怕在於：他的心並不是狗的心，那是一顆人的心。」正因為沙里科夫具備的是人心，繼承了器官移植者的所有性格缺陷，也正因為有了人心，所以他學會了階級鬥爭，學會告密和出賣。狗從來就是忠心耿耿，從來就不會出賣朋友、出賣主人，只有人才會，只有人才有這樣的卑劣天性，人心可以如此的邪惡和黑暗，自私和冷酷，這是任何一種動物無法企及，望塵莫及的。

⁝

沙里克／可愛的狗vs.沙里科夫／可惡的無賴，透過這樣鮮明的對比，布爾加科夫企圖告訴讀者，任何的社會教育都無法矯正一個無賴的精神，無法拯救他沉淪性格，所謂的「新人」教育，根本教育不了勞動者，無法將惡變成善，改善他們的惡習，塑造他們的高道德性；相反地，只會將人最原始的良善本性抹滅，讓他們學會鬥爭和爭權奪利，痛恨其他階級，用最原始的鬥爭、出賣等方法，奪取他人的權利。

在這裡「狗心」有著全新的象徵意義，不是「狼心狗肺」之意，它是人民原本的良善本質，也許有點幼稚，卻非常純樸，但是這個本質會被社會教育所消除。而「人心」則是帶有負面意義，是透過

---

5 Лакшин В.Я. //Булгаков М. Собрание сочинений в 5 томах. М.: Художественная литература, 1992. Т.1.С.40.

6 許多相關評論一致認為，這兩位女郎實為同一人。

社會教育所激發的人性之惡，鬥爭和排除他人的能力。布爾加科夫藉由狗變成人的荒謬故事，諷刺官方改造新人運動的錯誤和可笑。

邁入二十一世紀的現在，蘇聯已然解體，荒謬可笑的教化新人運動已經走入歷史，但是布爾加科夫在小說中揭示的故事和意義仍然深刻，發人深省。遠在台灣的讀者，對這些歷史背景沒有任何概念，但是在閱讀狗變成人的另類「蛻變」故事時，仍然讀得津津有味，被荒誕的故事情節所吸引，這就是因為故事本身所具有的高度文學性和趣味性，讓這本中篇小說跨越了時間和語言限制，使台灣讀者也可以欣賞布爾加科夫卓越的魔幻寫實藝術。

Story Gallery

Story Gallery

Story Gallery

Story Gallery